KB140328

증보판

지상의 언어

| 朴利道 詩選集 |

| 朴 利 道 詩 選 集 |

증보판

지상의
언어

창조문예사

이 시 선집은 2013년 10월에 상재上梓했다. 당시 일본
어 번역본을 내면서 번역본에 수록한 것을 중심으로 엮
었던 것이다.

이번에 새 시집 《데자뷔》에서 몇 편, 이전에 펴냈던
시집에서 몇 편을 더해서 증보판을 펴내게 되었다. 한
편 초간본에서는 한두 편을 제외했다.

2016년 4월
박이도

인간은 바벨탑*을 쌓았고, 여호와 하나님은 그들을 그곳에서 평야로 흩으셨다. 한 가지 말과 언어를 쓰는 인간의 결속을 막기 위해서였다. 내가 쌓은 언어의 바벨탑, 나만의 방언시方言詩였나, 아니면 방언시放言詩였나.

나의 시적 사투리를 나만의 언어 개성으로 치부하고 나의 시적 에스프리가 한갓 방언放言, 즉 절제 없이 나오는 대로 기술해낸 말장난은 아니었는지, 혹은 억누를 수 없는 충동이 폭발한 시 예술이었는가를 되돌아보게 된다.

또 나의 시정신은 나 중심주의적 의식의 표상이 아니었는지 반성의 여지가 있다. 의식했든 의식하지 못했든 나의 시에는 절대자에 대한 초월적 권능에 대한 경외심이 주된 시업詩業이었음을 부인할 수 없다.

나의 미래가 하루하루 다가온다고 생각했던 시간관은 인간의 기대치에 불과했음을 깨닫게 되었다. 결코 인간의 미래는 허상이고 현재만 있을 뿐이라는 것, 불안한 현재, 불확실한 현실만 이어질 뿐이라는 사실. 오직 신이 섭리하는 '우주적 미래'가 있을 뿐이라는 것을 깨달았다.

無所不在하고있지 않은 곳이 없고

無所不知하며권능이 많아 모르는 바가 없으며

無所不能하시어능하지 않는 것이 없어

無所不爲하신못할 것이 없어

신의 비의秘儀를 묵상하는 일이 나의 우주적 미래의 언어인 것을 나는 믿는다.

지상의 언어, 나의 시들을 세상의 우표 한 장 붙여 풍선으로 띄워 버리자. 민들레 씨앗으로 바람 속에 날려 버리자. 내 영혼의 노을 길에 찾아갈 영원한 나라의 언어, 천상의 언어를 듣기 위해서.

*언어를 혼잡게 하심으로써 죄인들의 강력한 결속을 막으시고, 민족과 국가로 나뉘게 하심으로써 서로가 서로를 견제하며 죄악이 죄악을 제어하도록 하셨다. 이는 은혜의 왕국의 진행을 위해 필요한 조치였으며, 하나님의 백성에 대한 그분의 배려였다(창세기 11장. 바벨탑 사건의 해설문에서).

이 시선집은 일본어 시집으로 土曜美術出版販賣株式會社에서 출판하는 시집에 맞춰 번역시를 중심으로 묶어 그 대역 본으로 삼고자 했다.

2013년 8월
박이도

차례

2부_ 어느 인생

3부_ 을숙도에 가면 보금자리가 있을까

4부_ 축제의 노래

5부_ 민담 시집에서

1부

●

황제와 나

서시序詩

언어로써 치환置換된 내 사상
그 낱낱의 담화의 형식들
시로 깃들었던 내 이상
이제 때가 되었네, 때가 되었네
육신의 허물을 벗고
한 마리 잠자리로 날자
자유의 시공時空으로 날자

내 허물 벗는 소리를 엿들어 보라
내 시에 깃든 영혼의 가벼움을,
아무에도 들리지 않을 그 음성을,
끝내, 볼 수도 없는 밝은 햇살 속으로
사라지는 것, 밤하늘에 별똥처럼 날아가는
인생의 아름다운 풍경을.

무자년戊子年, 설날 아침

낱말

화제가 없는 주말週末을 간다
내 주머니 속엔 은행이 두 알
15일이 지나면 가불假拂이 나온다
거리에 앉은 구두 수선공
안경을 낀 채 실귀를 찾는
그의 낡은 모자 위엔
코스모스 한 송이,
세월이 가도 늙지 않는
인생의 모습이 나는 좋다
노래하는 브랜다 리*의 젖가슴에
가을꽃이 한다발,
그녀의 미소 짓는 얼굴이
더 황홀하다는
화제가 없는 주말,
Der, Des, Dem, Den 정관사를 외우며
신설동 로터리를 걷던
까까머리 친구가 장가를 든다.

* 당시 공연차 내한했던 가수 이름

자유

육감六感이 어둠 속에 잠긴다
자유의 참뜻은 두려움,
완전한 자유의 비유는
수렁에 빠진 곰이나
수면을 돌아가는 백조마냥
인적이 없는 비법非法의 나라이다
밤에
내가 얻는 시력의 화평和平
예감처럼
어디서 불빛이 밝혀지며
나와 일체의 사물은
노래하듯 큰소리로
빛의 퇴거를 명하리라
모든 생명체와 밤의 호흡은
끊임없는 어둠 속에
또 하나 자유의 참된 두려움이다.

황제皇帝와 나

.

1
우리 황제의 눈은 원시안遠視眼
무한한 식민지의 노동을 모아 제국을 세웠다
스스로 돌아갈 웅대한 왕묘王墓를 준비하며
그는 만족히 웃을 수밖에 없었다

우리 황제의 눈은 멀었다
아직 거느리지 못한 대륙을 위하여
병정兵丁을 보내고 또 보냈다 살아 있는 한限
저 멀고 먼 지평地平을 넘고, 수평水平을 넘어
끝없는 정복을 위해 살아 있는 한
그는 잠시도 왕관王冠을 벗을 수가 없었다
조용한 오수午睡의 비밀을 끝내 모르고
피로한 얼굴에 주름살이 잡혀 갔다

황제의 눈은 원시안
그의 눈은 멀었다,
그의 눈은 멀었다

2

성밖으로 성밖으로 병정兵丁만 내어보내고

그는 잠시도 나설 수가 없구나

가난한 농부의 미소를, 그리고

해마다 자라는 아이들의 노래를 들을 수가 없구나

무성해 가는 수목樹木의 의지를

노을빛 더불어 영글어 가는 과실의 풍경을 그는 볼

수가 없구나

아 황제여, 울고 싶어라 울고 싶어라

우리 황제는 모른다 성밖의

그 황토와

이슬과

구름과

햇빛으로 생성되는

찬란한 또 하나의 영토領土를

그는 모른다

파아란 하늘, 그 주변에 팽창膨脹하며

푸른 이파리를 거느리고

살랑 살랑 불어오는 바람을 잡아먹고
팽창해 가는 고요한 영토를
그는 진정 모른다

그것은 하나의 우주
제3의 왕령王領이다
원시의 숲 그대로 이글대는 태양과
서천에 빗든 원색의 그 성 밖에
무지개를 잇대고 공중에 떠 있는
제3의 왕령王領

3
정복이 끝난 어느 대지의 원경遠景은 꿈
무수한 병정의 목숨은 떠나고
피가 흐르는 꽃물 같은 석양의 강 위에
떠내려가는 노동이여, 별들이여

그 전장戰場에서 육신과 헤어진 영혼들이
바람에 밀리고 밀려서 성 밖에 왔다

불어오는 바람 속에 숨어 오는 넋이여
죽은 병정들이여
당신들을 하나씩 잡아먹고
확장해 가는 이 크낙한 우주宇宙를
황제는 모르는가

제국과 식민지
그 사이에
영원한 제3의 왕령을
그는 정말 모르는구나

푸른 잎사귀로 설레이며
지열地熱에 붉히는 얼굴 얼굴들

많은 생명들이 굽어보는 언덕에서
조용히 생각하여라

지금은 없는 그들의
육신은, 핏물은
어디쯤 흘러갈 것인가를

아 그 성밖의 왕령은
말없이 익혀가는 내부의 밀도密度를
밖으로 밖으로 쏟으며
구름 사이로 배船를 저어 갔다

4
나는 그 안에 살고 싶다
풋풋한 향기에 콧등을 세우고
컹컹 헛기침하며
그 과수목 밑에 앉아
이슬을 마시고 싶다
오색 무지개도 띄우고 싶다
텡텡 비어서 출렁대는 내 뱃가죽을
우리 황제는 모르는가

황제와 내가
침입侵入할 수 없는 지금,
나는 죽어 나는 죽어
다시 그 안에 살고 싶구나

성밖의 제3왕령
그 밑에 쓰러져
텡텡 비어서 출렁대는 뱃가죽으로
맹꽁이 울음하는 나를 보아라

우리 황제는 원시안遠視眼
눈이 멀었다, 눈이 멀었다.

피에로

백주白晝에 비를 오게 하는 사나이
그의 본명은 버트 랭카스터이던가?
저녁에 여유만 있다면
여자를 하나 소유하게
시청 앞 광장에 나와서
맥주를 마시며
원기를 회복恢復해야지

반도호텔 그 속에 든 명사들의 방마다
암살의 의도는 없으나,
나는 유리창을 부수며
몇 방의 총성을 울리고 싶다
그래서 나를 완강히 제지하는
선량한 시민들과
달려오는 경찰관의 호각 소리에
휩쓸려 아우성의 도가니가 된
이 광장에
나는 소나기를 오게 할 수 있다면

엄숙해진 그들 앞에서
오 나의 애족愛族 나의 조국祖國이여
나는 그대들을 위해 목숨을 걸었노라
훗날 나의 이름은 죽지 않고
오직 사라질 뿐이라고,
슬쩍 맥아더의 동상을 뒤집어 써야지,
그러면 저 친구들
혹해서
만세를 부를꺼야
아 유쾌해라 유쾌해라

통금 사이렌이 울려 퍼지는 아스팔트에 누워
별을 보고 주술을 외어야지
비를 오게 해야지
나는 야망의 화신化身
내 어깨에 멍에를 지워라.

군중

겨울 숲 속의 바람 소리 같다
광장의 함성은
어디에서 어디로
그 방향이 잡혀가고 있을까
지금 우리는 수천의 비둘기 떼를
멀리 쫓아 버리고
텅 빈 시민의 광장에 모여
숨 죽여 숨 죽여 귀를 모았다

위대한 사자獅子의 나팔 소리여
그대의 낱말은
너무나 눈부신 동화銅貨처럼
우리의 가슴 가득히 채워져
그것은 힘이 되고 보습이 되어
일몰 앞에까지 떼가닥, 떼가닥
용기로 걸어 왔다

우리의 국경은 어디이며
우리의 인방隣邦은 누구인지

사자여, 우리는 모른다
이제 그대의 약속은
한낱 쓰러질 것만 같은
우리의 공복이다

넓은 광장 가득한 군중 속에
나는 외톨박이, 갑자기 무서워져
두 눈을 크게 뜨고
그대 나팔 소리의 주변을
두리번, 두리번…….

밤의 터널

누군가는
밤이 좋다고 한다
행동의 자유를 누릴 수 있다고
또 누군가는
밤이 싫다고 한다
행동의 부자연을 느끼기 때문이라고

밤의 대지에 서면
우리는 두 개의 신천지를 만난다
도시의 불빛처럼
황홀한 소멸의 불야성과
칠흑에 싸인
별빛의 의미를
만나게 된다

누군가는
외로움을 갈망하고
누군가는
외로움에서의 전환을 열망한다

밤의 본질은 두 개
소멸과 생성의 터널이다.

침묵

바위로 태어나
바다처럼 울고 싶은 사연,
한 천 년쯤 목놓아 울고 싶은 사연을
어둠 속으로 놓아버린다

멀리 지평 너머로
훌쩍 뛰어넘는 그림자
돼지여, 소리를 질러라
산들이 물러서고
들판이 갈라지는, 그런
호통을 쳐라
우물쭈물 변방으로 물러서는
산줄기를 끼고

달려라, 기관차여
태초의 가장 힘센 짐승
푸른 불꽃을 날리며
이 캄캄한 지평을 달려라

하늘이 뿌리는 비
그 처절한 젖음의 숨결을
울면서, 나를 뿌리치고 도망쳐간
내 그림자를 찾는다

돌아오지 않는 메아리
놓쳐버린 시간,
침묵의 비가 내린다.

죽은 새야

지난겨울 혹한酷寒에 얼어 죽은 새들의 사해死骸가 묻힌 풀밭에 피어나는 꽃들은 온통 죽은 새들의 깃털 빛깔을 하고 고운 손짓을 한다.

공중에서 흙 속으로 묻힌 새들의 영혼은 지금 깊은 두메 속의 한 국민학교에서 흘러나오는 풍금 소리만큼 가늘고도 서글픈 노래를 들려준다.

죽은 새야– 네가 날던 하늘엔 지금 네 목숨만큼 소중했던 또 한 마리의 작은 새가 날며 풀밭에 피어나는 사랑의 꽃들을 보살펴 주고 있다.

잿빛 실종失踪

겨울의 약속이
아침 안개 속에 꾸물댄다
잿빛의 침묵이 지평을 짓누른다
마른 기침 소리에
휘말려 오는 쓸쓸함
언덕 위,
벗은 나뭇가지의 조형造形
그 사이,
겨울의 약속이 얹힌다
사신死神의 꽃이 피어난다
너를 보기 위해
다시 걸어간다
논두렁을 돌고 돌아
저기 잿빛 하늘 속으로
나의 침묵은 사라진다.

살아온 탈

탈이 나온다 탈이 나온다
저 몰골이 뭐냐, 신명도 나네

턱 깨진 저 탈 속에서
귀신 쫓는 웃음소리,
하회동을 돌고 돌아
덩실 춤이 돌아가네

비오는 숲 속에서
양반 수염이 나온다
덜덜 턱방아를 찧고
각시 궁둥이를 찧고
어험, 어험이라

초랭이, 부네는 어디 갔나
저 중대가리는 티도 없다
신명도 나네, 신명도 나네

탈이 살아나네

탈이 모여서 별신굿을 놀다
도련님, 도련님
죽음이 웬 말이요
깊은 물굽이를 돌고 돌아
한恨 천 년을 울어 주네.

거인巨人

거인巨人의 발자국은
흔적이 없어,
천 리 밖에서나
지척에서나
흔적이 없어

만경평야에 눈이 덮인다
삼한사온으로 풀려나듯
저만치 보릿고개를 바라보며
추풍령 고개 넘어
오는 눈사람

천하가 엎드려 하는 말
천지신명으로
풍년을 기약하소서

소리 없이 오는 언약言約
소리 없이 오는 발자국
아! 소리 없이 가는 세월.

빛의 갱부坑夫

처음 빛을 의식했을 때
그때의 빛을 찾기 위해
나는 관념 속에서 뛰쳐나온다

처음 본 빛의 원형을 찾아
나는 갱부가 된다
가장 잘 보존되어 있는
빛의 씨방
깊이깊이 지하로 내려갈 때
나는 혼돈에 빠진다
검은 고양이의 울음이 먼저이고
시간이 뒤에 돌아온다
눈빛, 그의 눈빛은
어디서 빛나고 있는가
빛의 메아리는 없는가
나는 빛의 무게를 생각한다

검은 석탄을 퍼낸다
더 깊은 곳으로

어둠의 밀실로 접근한다
지상엔 비끼는 노을
서쪽으로 흐르는 물 두렁의
쉬임 없는 시간이
나에겐 그대로 정지된 채
가사假死의 빛더미가 창백한 탈을 쓴다

의식意識의 전진
계속 뚫어내는 빛에의 광맥
더러는 역逆의 세계로
신선한 공기를 마시기 위해
지상에 오른다
박제된 노을
싸늘하게 누워 있다
거리를 잴 수 없는 곳에서
처음 그 빛의 숨결이 들려온다
태초의 빛을 찾기 위해
나는 혼돈에 빠진다

지상의 어둠

무형의 빛

그 변주의 시간 속에

나는 역逆으로 갱坑을 따라 내려간다

가장 날카로운 괭이로

검은 광맥을 뚫어 낸다

새 빛을 찾아

어둠을 살라먹는

살아 있는 공간의 지금 시간을 위해

빛의 원형을 캐러 간다

한 발짝씩 어둠을 뚫어 내고

빠져나가는 힘의 축적을 위해

빛의 자장磁場에 손을 뻗는다

처음 나의 빛을 찾기 위해

살아 있는 의식을 찾기 위해

나는 완전한 어둠 속으로

갱부의 눈을 뜬다

천 년이 걸릴까, 내 빛의 작업은.

경악驚愕, 혹은 자유

밤새 바람이더니
감꽃이 졌다
하얗게 흐느적이며
풀섶에 숨는다

오늘 아침 나의 뜰에선
어둠과 함께 우수憂愁도 떠난다
깊은 계곡의 푸름이 비춰 오고
흐르는 물소리가 들려온다

뜰에 나서면
하늘을 나는 자유
새들의 반짝이는 깃털을 향해
흰 수건을 흔든다
태고의 형상들을 되새기며

조간朝刊이
피를 흘리며 쓰러져 있다
아, 새로운 우수가

가득가득 헤쳐 나온다

나는 종일
후박厚朴 그늘에 누워
나는 것들의 자유를 낚는다
흐느적이는 감꽃들의
정절貞節을
경악으로 환치換置시키며
어디에선가의
전화 벨 소리를
꿈속으로
멀리멀리 날려 보낸다.

소시장에서

가난을 풀어 가는 길은
너를 소시장에 내놓는 일이다
한숨으로 몇 밤을 지새고
작은아들쯤 되는 너를 앞세우고
마을을 나선다
너는 큰자식의 학비로 팔려 간다

왁자지껄 막걸리 사발이 뒹군다
소시장 말뚝만 서 있는 빈터
찬 달빛이 무섭도록 시리다
헛기침 같은 울음으로
새 주인에 끌려가던 너의 모습
밤사이 이슬만 내렸다

우리 집 헛간은 적막에 싸이고
아들에게 쓰는 편지글에
손이 떨린다
소시장에서 울어 버린 뜨거움
아들아, 너는 귀담아 들어라
오늘 우리 집안의 이 아픔을.

죽음에

무엇이라 말문을 터놓을 수 없음
엄숙하게 경건하게
장막에 감싸이는
이 순간
어둠 속의 이 떨림은

알 수 없는 것에 대한 기대
보이지 않는 것에 대한 믿음
이것은 홀로 떠나는 자의
확실한 신앙

너는 항상 우리 곁에 있으며
우리는 조금씩
너의 곁으로 다가간다
조금씩 죽음의 그림자가 보인다

모두 잊혀지는 이름처럼
너의 영원한 하늘의 장막이
걷히고 있다.

기관사와 철쭉

그늘진 계곡
터널을 나와
꽥– 꽥–
돼지 기적을 울린다

터널 위 양지엔
피어나던 철쭉이 놀라
붉은 입술을 깨물고

열차는 시방
일망무제—望無際
평야를 가로질러 질러

칙칙 푹푹,
연상 석탄을 퍼넣는
기관사의 검은 얼굴은
검둥 아저씨

그의 휘파람 소리가

종다리 울음처럼 봄바람을 타고
들판엔 푸른 불길이 번져가고 있다.

얼굴
―음악 속의 표정

1950년대 말
전쟁의 상채기는
거리거리에 폐허로 남아,
이른 아침 두부 장수의
딸랑이 종소리와
저녁 거리를 뛰어가는
신문팔이 소년의
볼멘 목소리가
서울의 인상이었던가

고전음악이 흐르는
빈 공회당 안에
한 소년이 팔짱을 낀 채
지긋이 눈을 감어
창백한 얼굴엔 작은 경련이
경련이 일어나고 있었네

텅 빈 홀 안엔 비음秘音의 선율이 감돌고
소년의 표정은 정지된 채

온 세계를 얼굴 가득 포옹하는
자유, 침묵의 황홀함을 보았네

그날의 얼굴 표정 하나,
엄청난 음악音樂의 세계가
내 곁에 있었음을 깨달았네
그리움으로 떠오르는 얼굴
그는 누구였을까.

자연 학습

눈으로는 볼 수 없는 것
몸으로는 느낄 수 없으나
시간은 나를 이 땅에 싣고
어디론가 움직여 나아가고 있다

지구는 공전의 힘으로
사계四季의 세월 속에 우주를 항해하고 있다

자연인과성自然人果性*을 따라
자연으로 돌아가자**

살아 숨쉬는 원시림
생명의 비밀을
우주의 섭리를
깨달아 아는 세월
사유思惟의 숲으로 가자

신神의 하얀 신전에 기대어
원시原始의 맑은 피를 받고 싶다.

* 아리스토텔레스는 〈자연학〉에서 자연을 정적인 존재가 아닌 스스로 생
  성 발전하는 원리를 내포한 생동적인 것으로 규정했다.
** 루소가 부르짖은 '자연으로 돌아가라'는 표어에는 인간이 불평등 사회
  의 문화를 버리고 자연으로 돌아가서 자연 질서에 따른 평등사회를 새
  로이 건설하자는 사상이 들어 있다.

빙하氷河 시대로의 항해 일지日誌

지구와의 해로

이제 우리는 쇄빙선碎氷船도 없이 빙하 시대로 항해한다
해로偕老의 삶을 빙산에 묻어 두고,
평생의 회한을 털어 내려고
우리 부부는 유람선을 타고 알라스카로 간다
신비의 성채城砦로 감싸여 있던
우주의 비밀, 내 가슴속엔
강고强固한 빙하기의 세월이 박동친다

우리의 조상, 지구는 이미 의식을 잃고
쓰러지는 고목이 되었구나
가련한 환경으로
그의 체온은 정상正常을 넘고
별똥이 되어 우주의 미아가 되어가고 있다
맑고 깨끗한 지구의 세월은 지고 있다

항해 7일째, Glacier Bay, Johns Hopkins 어귀에
닿았을 때 또 한번 안내 방송이 나온다. 쌍안경을 들어

Hubbard 빙하 3, 4백 피트 높이의 빙벽을 관찰하라고 친절하게 안내한다. 빌딩 크기의 빙하 조각이 가끔 떨어져 내린다고, 작은 빙산 덩어리들이 바다에 둥둥 떠다니는 것을 쌍안경으로 관찰하라고 친절하게 안내한다. 그것을 관찰하기 위해 약 60분을 머물 것이란다.

그런데 그 60여 분 동안의 빙벽은 잠시도 쉬지 않고 해체되고 있었다. 쿵, 쿵, 압살당하는 바다 갈매기의 날갯짓으로, 숨을 곳을 찾아 도망치는 북극곰의 몸짓으로 바닷속으로 곤두박질치고 있었다.

"저럴 수가, 저럴 수가…… 저 광경, 저 현상을 좀 보아요."

내 눈 앞에 무너져 내리는 빙벽
내 정신의 한가운데를 내려치는 거대한 천둥소리,
빙하기의 신비가 메아리 되어
내 가슴속에 박동으로 풀려 난다

무너지는 우주의 비밀
끊어지는 세월의 신비

사라지는 지상의 정상情狀
우리 부부의 해로처럼
인류, 지구와의 영구永久 해로이기를
침묵하고 명상한다

오로라

한낮의 밝음과
한밤의 밝음이
우주의 공간으로 나와
황홀한 조화를 이룬다

오로라
내 머리 위에 월계관을 씌울 듯
다가오는 황색의 화관花冠으로
나를 소스라뜨린다
오로라

무사가 당기는 활궁인 듯
무수히, 쏜살같이 쏟아지는
스키장의 하얀 줄무늬들을 타고
은하의 여정에 오른다

빛의 향연
북극에선
한밤의 밝음이
우주의 향연으로 나를 초대한다.

먹물을 갈며

일필휘지一筆揮之로 춤추는 붓 끝에
촉촉이 배어나는 그윽한 묵향墨香
그 묵향의 세월 속에
저는 오늘
일조당日照堂*에 앉아 먹물을 갑니다
사약賜藥을 받아든 정암靜庵의 마지막 사부辭賦
'백일임하白日臨下~'를 읊조리며
먹물을 갑니다

5백 년 된 느티나무 그늘 속의 연못,
고풍한 정취에 잠든 못 물을 길어다
벼루에 먹물을 가는 서생이 되어
훈장님의 가르침을 받는 초동樵童이 되었습니다

심곡서원深谷書院
훈장님의 첫날 말씀은
서예의 오합五合과 오괴五乖를 천연스레 강론하시었습니다

평생의 소원, 먹물을 갈며

그윽히 번지는 묵향에

저는 코를 박고 깊은 잠에 이르렀습니다.

* 심곡서원의 강당. 이 서원은 기묘사화 때 사약을 받고 숨진 조광조를
　기리기 위해 세워졌다.

묵향의 비밀

서당에 가서 글공부 했다는 형들의 얘기를 들을 때면,
나는 기가 죽었다.

엄한 훈장님한테 회초리 맞던 얘기보다
천자를 일곱 살 때 다 떼었다는 말보다
벼루에 먹을 갈아 놓고 훈장님 기다리며,
눈치만 보던 아이들의 코에 스며들었을 묵향 냄새를
아직 기억하고 있나 물어보고 싶었다.

문방사우文房四友 가운데서 벼루에 먹물 가는 심부름
을 한번
  해 보았더라면…… 그 그윽한 향내를 아직 맡을 수
있었다면…….

망치1

망치로 계란을 내려치는구나

아? 계란은 멀쩡해
망치는 더 이상 망치일 수 없는 허위虛僞
이 허망虛妄한 사태

저 필연必然의 생명, 계란 한 개
무너지는 나의 고정관념.

비 오시는 날

그냥 혼자 떠나고 싶었어요
아무도 모르게
고단한 세상살이서 빠져나가
혼자 산에 오르고 싶었어요
멀리 내려다보면, 보면 볼수록
아련히 가물대는 우리 동네
왜인지 나는 더 외로워지네요

천진난만했던 아이적 마음으로 돌아가
대한민국 만세!
만세삼창을 부르고
돌아오지 않는 메아리에
나는 더 서글퍼지네요
개암이나 따먹으며
금잔디 동산으로 소풍 갔던
옛날의 아이적 생각이 나
그냥 눈물이 나네요

철마다 비는 오시고
오늘도 온 나라에 비가 오시네요.

귀엣말

　내가 아주 작은 목소리로 누구에겐가 귀엣말을 건넨다면, 그는 매우 조심스럽게 손바닥을 펴 귓불을 감싸고 내 앞으로 다가서겠지. 그때 내 귀엣말 속에는 내 뜨거운 입김이 함께 그녀의 귓속으로 스며들겠지. 그때 나는 그의 우윳빛 살결에서 풍겨나는 어머니의 젖 냄새를 맡을 수 있다면 아, 나는 행복감을 느낄 수 있을 거야. 처음 말하려고 했던 것은 다 사라지고 내 귀엣말은 어떤 말이었을까? 단 한 마디, 단 한 마디의 귀엣말은 솔직한 탄성! 살아 숨쉬는 내 뜨거운 숨소리뿐일 거야. 아, 귀엣말은 그대로 사랑의 몸짓인 것을…….

빙벽 앞에서

드디어 나는 빙벽과 마주섰다
무너져 내리는 빙벽을 바라보며
지구의 미래를 생각해 보았다

무한한 우주의 신비
강고한 억겁의 결의決意
외경畏敬의 위의威儀
이 절대의 기상氣象 앞에서

나는 절망의 행위,
허무의 연주演奏를 보고 있다

나는 초원의 부드러운 생명으로
미래를 꿈꾸고 싶다.

시간을 펼쳐 보니

허물어지는 것들이 보인다
겨울 하늘
허옇게 부서져
태고처럼 손닿지 않는 정다움
뻗어가는 인정의 끄트머리에
티끌로 날리는 석양이 보인다

성채城砦가 무너지고
산이 떠밀리는
생생한 그림이 펼쳐진다
철새가 날고
뒤로 달리는 시간이
불빛처럼 번쩍인다
밝은 날빛을 밀어내고
완강한 어둠의 병사가 다가와

드디어 기침하는 내 영혼
잊혀졌던 시간이 보인다
무너진 허공으로
철새처럼 돌아오는 영혼······.

목숨

나는 내가 아니었다
남의 손에 이끌리어 다니는 강아지처럼
나는 남의 이야기에 나를 빼앗기고
손오공처럼 날아다니고 있었다

세상만사 낌새도 못 차리고
겨울 개구리 잠자듯
좁고 답답한 어둠 속에
허깨비처럼 살아왔구나
그때의 시간은 현실이었나, 꿈이었나
성경은 아브라함의 가계家系를 선포하고
영웅 신화들은 생명의 존엄을 선포한다
결코 철학적일 수 없는 목숨이어라.

생명 현상

눈감고 마음속에 보던 저 세상
조용히 그리고 숨 죽여 눈을 뜬다
너희들 숨소리에 귀를 벋다
이 경건함
이 사태에 나는 눈이 멀고 귀가 막힌다
충동의 생명 현상生命現象— 그 함성을 듣는다
멀리 회색의 지평으로부터
태풍처럼 몰아치는 이 힘의 천지에
나 어디에 섰는가
살아 있음으로 화합하는
이 사태— 백색의 언어들
춤추듯 날아오는 설레임.

방房

밤이 되면
우리는 모든 커튼을 내리운다
방안은 모든 주변으로부터
완전한 자유를 얻는다
그러면
희미한 달빛 속에 남아 있는
생령生靈들은 서로들 수런거리며
불평들 한다

능금 알들은 툭툭 떨어지고
그 잎새들은
불어오는 바람을 거역하며
말하자면
커튼이 내려진 방안에선
무엇을 하느냐고 수런거리며
불평들 한다

따뜻한 햇볕에 나왔던 나비들이
저마다 사랑하는 꽃들을 잠재우고

돌아간 노을에
초롱초롱 별빛이 밝혀지며
이제는 환한 달밤,
어두운 방을 둘러싸고
이슬이 내린다

멀리 개 짖는 소리에
타협妥協하는 산울림
먼 바다에선
파도 소리가 기를 쓰며
무거운 함성을 지른다
어두운 방안에선
무엇을 하느냐고
울멍울멍한다

정말 우리는 무엇을 했던가
어두운 방 안에서
완전한 자유 속에서

달빛 흘러내리는 지평을
거닐며 거닐며
끝없이 뻗어간 시야에
광채光彩를 더하자
그리고 오래 오래 생각하자
신神의 영역領域에까지.

일몰 日沒

어느 시점에서 하직할까
어느 지점에서 굴러 떨어질까

지금 해는 내 기대를 뿌리치고
고독의 손수건을 흔들며 사라진다

외로움, 두려움, 침묵
죽음의 블랙홀.

흐뭇하고, 눈물이 흘러

산세가 험하니
골채*도 깊구나
한낮에 뜸부기 한적을 깨니
음치 산 꿩이 푸덕인다

이 청명淸明한 밤하늘
눈부신 별밭을 보며
나는 귀머거리
귀때기 치는
저 함성은 뭔가

산세의 위엄도
냇물의 기세도
지금은 숨을 죽이고
지진이 난 듯 개구리의 함성에
천지가 진동한다

생명이 태동하는 계절
흐뭇하고, 눈물이 흘러

논물에 발을 담그고
논두렁에 앉아 눈을 감는다
천지에 부활하는 생명들.

* 골채 : 논물이 고여 있는 기름진 들

서울, 오백 년 고도古都

청계천이 백여 년 만에 기지개를 켠다
개구리가 뛰니 버들치, 옆 새우가 수초에 숨는다
잠자리, 나비 따라
채 잡은 아이들이 둑방에 뛰노는
한낮의 〈천변풍경〉*

카페 〈제비〉에서 나온 이상李箱
벤치에 앉아 〈날개〉를 꿈꾸다
전후戰後 순수문학이 꽃피던 명동明洞 〈갈채〉에서
"상병祥炳아, 상병祥炳아 어디 있니" 문우文友들이 소리
치니
"나 인사동仁寺洞 〈귀천歸天〉에서 살란다"
"나 하늘나라에 가서 살란다"

저승의 박태원朴泰遠이 소리치네
"상병祥炳아, 상병祥炳아 청계천 둑방에서 소주 한잔
하고
내 거닐던 고향
청계천을 보고 와서 이야기하세"

비 개인 후 쪽빛 하늘
북악北岳의 정기가 손뼉을 치듯
하얀 구름 두어 점 남산 위에 머물 때
숲 속에서 새들이 일제히 날아와
청계천 둑방에 내리네.

* 박태원의 소설 〈천변풍경川邊風景〉, 20C 초 청계천변의 풍속을 사실적으
  로 담은 대목이 많다.

숨 쉬는 백자 항아리
– 白瓷鐵畫梅竹文大壺(국보 제166호·백자)

안개 밭 은하에
조각달 스치듯
천지연 미리내에
먹물을 뿌린 듯
오롯한 품
이제, 천년 전설이 된 정물靜物

비바람의 숨결
흙과 불의 조화 속에
태어난 영물靈物
너는 뉘 영혼을 살고 있나

물끄러미 바라만 보다가
나는 눈을 감았네
갑자기 뿜어나는 매화 향기
맑은 대바람 소리에
나는 귀를 대고 숨을 죽였네.

꿈, 한 꾸러미

논물에 백로가 기웃기웃
스치는 흰 구름에 멈칫, 놀라
안골 숲 속으로 날아간다

김매기가 끝난 감자밭엔
감자꽃만 점점이 피어나
찔레마을 뻐꾸기 소리에 귀 기울이네

뙤약볕에 흰 수건 머리에 틀고
장 길에 나선 아낙네들
손에 손에 꿈을 한 꾸러미씩 싸들고
성님도, 새댁도, 웃음꽃이 피었네.

새벽꿈

새벽꿈에
바닷가 어부가 되다
빛의 언어言語로 그물치는
싱싱한 언어言語를 건져내는 어부

바다에선
빛이 쌓이는 것을 볼 수 있다
금화金貨처럼 흩어지며 의미意味를 낳고
정갈한 이미지를 보여주는
미지未知의 언어言語를 낚는
새벽꿈

어젯밤엔
눈이 내렸다
계속 쌓이는 눈길로
혼자 떠나고 싶다

내 발자국도 묻혀버린
완전한 실종선고失踪宣告를 받고

눈사람으로, 미라로
그냥 입상立像이고 싶다
아직 의미가 없는
야생野生의 원목原木이고 싶다
처음 떠오르는 언어言語이고 싶다.

빛과 그늘·1

정오正午의 타종打鐘
잠시 시간은 멎고
지상의 안식을 고告하는
낯익은 음성이 울려 퍼진다

육신의 귀로는 들을 수 없는
평화의 나래 짓
맑은 정신의 눈으로는 보이지 않는
햇살의 속삭임

정오, 잠시 사라진
내 그림자를 잊고
나는 가벼이 뜬다.

고적
– 링컨 메모리얼에서

머리 위엔
새똥으로 터번을 두른 듯
한낮에도 꽉 다문 입
털보의 우수가 잠자고 있다

흑인들은 오지 않는다
견학 온 어린이들이
배경으로 사진을 찍는다

링컨 좌상의 침묵
그것은 자유에의 고독인지
인간에의 연민인지

아, 풍덩–
포토막 강물에 뛰어들어
고적을 깨고 싶다.

오월엔

아카시아 향기를 기억하시나요?
라일락 향기를 추억하시나요?
눈 감고 숨으로 맡아 보셔요

지금 동산엔 화창한 봄날의
꽃 잔치가 벌어지고 있습니다
꽃의 향기가 천지에 퍼져 나갑니다

오월의 대륙엔 꽃바람, 콧바람
희열의 들바람이 번져 옵니다.

집착執着

조용조용 조심스러운
너의 말씨에 귀 기울이고
밤사이 소리 없이 내리던 눈발처럼
모음母音으로 소리 내는
너의 음성을 엿듣기 시작한 것은

짙은 안개 속
내 눈에는 보이지 않는
새벽을 몰고 오시는 빛의 눈부심으로
내 눈으로는 볼 수 없는
너의 영혼, 자연의 소리에 집착함은

안광지배眼光紙背
얼굴의 영롱한 눈동자
영혼의 은밀한 미소를
꿰뚫어 보기 시작한 것은
너로 하여 생기生氣를 얻었음이니
언제부터인가 너와 더불어
나의 자화상을 복원하고 있음은.

숨비소리, 휘파람 소리

오월엔 올레길*로 나오셔요
돌각담 숭숭 구멍난 현무암에 스치는
봄바람에 바다의 향내가 싱그럽습니다

오름길엔 돌빌레**가에 들꽃이 화사합니다
아카시아 향내를 기억하시나요?
오월의 손님, 옛 추억을 되새겨 보셔요

자맥질하는 해녀들의 가쁜 숨소리
바다 속 진주를 캐내는 섬나라의 전설
숨비소리*** 휘파람 소리에 귀 기울여 보셔요.

* 골목길
** 땅에 묻힌 넓적한 바위
*** 해녀들이 물질을 하다가 수면 위로 나와 참았던 숨을 내뿜는 소리

처음

사랑의 말
처음, 나를 귀 뜨게 한
그 기억은 항상 따뜻한 숨으로 살아 있어
세월이 갈수록 그 성그레한 표정이
내 안의 귀방울이 되었네

그 여인의 말씀 한마디 또 한마디
또박또박 내 마음속에 와서 박히고
그 여인의 목소리는
여린 햇살에 날리는 아카시아 향기로
내 코에 스미는 것을
나는 몰래몰래 심호흡으로
그녀의 목소리를 들여마셨지.

커피 향을 마시며

막 어둠이 도망쳐 나간 듯

불빛이 조요히 모여 오는 실내室內

찻잔이 부딪는 소리가

섬광閃光처럼 귀에 쟁쟁하다

코끝에 스쳐가는 입김처럼

그윽한 향기

실내악의 흐름 속에

서로를 놓치지 않는 눈빛이여

나직이 이어지는 너의 음성이

나의 희미한 추억의 끄나풀을 매만진다

향기에 눈 감고 맛으로 느끼며

오관五官을 풀어가는 갈색褐色 바이타민

소탈한 미소와 잠시 의연한 시선

조심스레 더듬는 손놀림

스치는 입술의 촉감

자유의 공간에 희미한 입상立像으로

나는 다시 귀 기울인다

이 짧고도 긴 여운

커피 향이여.

2부

●

어
느
인
생

생명의 비밀

누가 내 생명을 주셨는가
누가 나에게 시간을 주셨는가

아침, 나팔꽃에 앉은 이슬이
햇살과 교감하는
저 투명한 생명은 누가 주셨는가.

음성音聲

일렁이는 불길이 영혼을 사르듯
꽃을 바라보는 나비의 여울

미루나무 그림자가 흔들리면
계수桂水를 지나가는 소나기 소리

돌아오는 귓소리에 움츠린
거북이 한 쌍
벼랑을 넘어서는 학鶴의 모가지가
그리워
울다 울다 목이 메었는가

오래전
아카시아 향긋한 등성이에서
카랑한 꽃의 울음을 실어 보내고

이제 들을 수 없는 여울 속
하늘이 내려앉아 손짓하기에
바람 속으로 부르고 싶어라

보고 싶어라

집 없는 물가에
울고 간 물새와 영혼은
핑그러니 눈물 고이도록
억년億年을 굽어 오는 물결이어라.

아저씨에게

가을이 오면 여학교 담 모롱이에서
종일 즐거운 아저씨여
철없이 설레는 마음을 가누어
생각해 보세요
석양이 빗든 음악교실은
당신의 꽃지게와 같은 곳,
팔고 남은 코스모스는
조용한 당신의 꿈. 어서
딸을 낳아 그 안에서 피어나게
웃음처럼 환한 환희의 날들을
기다려 보세요

아저씨여
저녁에 피곤한 몸으로
마지막 골목을 돌아서면
부엌에 선 당신의 아내
한 점 떠가는 구름에 종일
기다리는 해바라기와도 같은
그 얼굴을 어떻게 감당할 것인가

가을이 오면 모두 산소에 들려
굽이굽이 흘러가는 세월을
울고 오듯이, 아저씨여
사랑과 황금을
적선積善하세요.

밤

처음 그것은 미풍微風이었네

꽃술을 마구 날리며

공중에 흩어져 있다가

흐늘흐늘 허무러져 가는 빛의 광막廣漠

그 한가운데서

부끄러운 욕녀浴女의 몸짓으로

손짓하며 사라진 해

질풍疾風처럼 해일海溢이 일고

별들이 일제히 몰려와

창을 부수고 창을 부수고

나의 잠자리로 쏟아져 왔다

야– 어둠 속의 바람

바깥에 자연 발생하는

생명의 소리여

스석이는 밀밭, 밀내음에 싸인

나는 숨가쁜 짐승,

소리내어 울어 보았네

회오리 바람이듯

내 전신을 이끌고

어디론가 그것은 숨어 버렸네

마법의 유희로

나를 삼켜버리고

공중을 휩쓸어가는 깊은 밤,

윙윙 꿀벌의 둥지 속에는

사역使役의 시간이 끝나고

두둥실 떠가는 수면睡眠이었네.

익사溺死

누구와 살다 이 세상을 떠났나
못 이뤘던 사랑이 파도에 밀려나와
수런대는 갈밭에 보름달을 띄웠네

육신은 어찌할꼬
달빛에 드러난 저 얼굴,
울고 가는 기러기 사연에
외롭다 하직下直하는 낙엽 속에 묻어라

찬비 오는 하늘에 오를까
해밝은 모래밭에 누울까
의지할 곳 없는 영혼
가을꽃에 숨어라
가을꽃에 숨어라.

메아리

내가 웃으면 모두가 웃음으로 돌아왔다
내가 걸어가면 모두가 따라왔다
하늘 속에 화살을 쏘아 올리면
지상의 모두는 하늘 속으로 뛰어 올랐다
내가 사도신경을 외우면
일체의 붉은 악귀가
겨울 헛간의 구석으로 몰려섰다가
반추反芻하는 황소의 힘을 뽑는다
내가 노래할 때
세상은 노래 속에 잠기고
고귀한 생명이 하나 탄생한다.

모자帽子

식욕이 한창인
오후의 거리를 지나가면
레스토랑에서 새어 나오는
그 냄새와
소담笑談하는 인물들의 한가한 때,
그들의 모자는
나란히 벽에 걸려서
탐욕에 빠지든가
재산을 거래하든가
정치에 몰두하는 법이다

금테 둘린 모자
향수를 풍기는 '필그림 모자'
그 사이에 끼어 있는
장미가 달린 모자는
아 부러워라 부러워
모자를 애용하는
상류계급의 머릿속엔

자신있는 야망의 번개가
번쩍이고 있는가?
소시민의 거리를 빠져나와
저 골목으로 들어가면
나는 비어 있는 주머니에
주먹을 찔러 넣고
한참 동안 서성거릴 것이다
그 냄새와
소담하는 인물들의 한가한 때,
나는 누구의 것이든
모자를 하나 훔쳐 쓰고 나와야지
거리의 중심을 걸어가며
나의 친구
나의 숙녀
나의 선생들에게
엄숙한 인사를 하고
다시 바라보는 그들을 위해서
나는 모자를 벗어들고
열변을 토해야지

그러나 나의 결론은
아듀!
하늘 높이 모자를 흔들며
작별을 고해야지
소시민의 골목으로
천천히 걸어가서
어린아이들을 위해
피리를 불며
그 한 떼를 이끌고
시청 앞으로 나가야지
거기서 비둘기 한 마리를 잡아
모자를 씌워 놓고
수수께끼를 내어 주겠다

이 모자는 누구의 것이냐?
이 모자 속에는 무엇이 있느냐?

나는 어둠속에 돌아와
놓쳐버린 끼니를 위해

김칫국을 마시고
힘없이 쓰러질 것이다
나의 행동을 감금하고
밤새워 참회할 것이다.

해빙기解氷期

봄밤엔 산불이 볼 만하다
봄밤을 지새우면
천 리 밖 물 흐르는 소리가
시름 풀리듯
내 맑은 정신으로 돌아온다

깊은 산악山嶽마다
천둥같이 풀려나는
해빙의 메아리,
새벽안개 속에 묻어오는
봄 소식이 밤새 천 리를 간다

남 몰래 몸 풀고 누운 과수댁의
아픈 신음이듯
봄밤의 대지엔
열병하는 아지랑이
몸살하는 철쭉,
멀리에는 산불이 볼 만하다

노오란 해 솟으면

진달래밭 개나리밭

떼 지어 날아온

까투리 장끼들의 울음으로

우리네 산야엔

봄 소동이 나겠네.

풍선風船

그렇다 그렇다
하늘하늘 솟아오르는
밝은 길목의 동신童神이
따뜻한 아지랑이 속에
머리 저어 솟아오른다

소리 없이 바람에 날리며
둥실둥실 위태로운 하늘에
붉히며 가는 얼굴이
모든 꽃망울을 찾아가
부딪치며 일깨워
말없이 어루만지고

그 실實은
조용한 함성으로
바라보는 아이들이
늦잠에 든 어른들을
일깨우며 우리 마을과
하늘 사이를 이어가는

하늘하늘한 햇살의
유람선.

폭설暴雪

폭설이오 폭설이오
산도 없고 강도 없고
우리 마을도 없이
큰 길도 없이 폭설뿐이오

이제 나는
울음 같은 울음이 나는구나
눈물 같은 눈물이 흐르는구나

한 천년 물러선 고적감孤寂感
이 기쁨을 감당치 못해
나는 눈 속으로 굴을 판다
마을과 마을은 두절되고
이웃끼리 까치 신호를 한다

무덤마다 굴이 뚫리고
비실비실 걸어나오는
눈사람
그도 소리 없는 울음을 운다

조선의 머슴과
고려장高麗葬이 살아 있는
백설의 마을에
까치 한 쌍
한적閑寂을 깬다.

돌쇠네 마을

돌쇠네 마을은 과부네 마을
밤마다 등잔불에
너울대는 남정네들이
온 마을을 돌아다닌다

웃음도 한숨도 아닌
휘청거림이
검은 그림자로 번져 난다
칼바람이 불어와도
헛간의 황소가 암내를 내도
돌쇠네 마을은
숨은 한숨이 번져 난다

전쟁놀이에 숨진 아비가
돌쇠 고추만 한
등잔불에 와
못다한 사연을 털어 놓는다

돌쇠네 마을은

마른 쇠똥이 널려 있고
어둠 속에 내리는
소리 없이 내리는 눈발 속에
과부가 나들이 간다

먼 데 개 짖는 이웃에
숨 죽여 숨 죽여
고무신 자국 남기며
나들이 간다
몰래 애기 낳으러
성황당 고개를 넘어 간다.

과수댁

개바자에 구멍이 났다
수캐도 지나고
장닭도 빠져 나가는
이 허망한 가을

발자국도 없는
새벽길에
먼 길 떠나고 싶은
외기러기런가

꽃신 숨겨 두고
밤새워 기다리는 정情
눈밭에 뛰는 사슴 떼이듯
그렇게
옥동자 하나만 허락하소서.

춘설春雪

입춘立春에 대설大雪이 온다
먼 산에 까투리 장끼가
마을로 내려왔다
입덧 난 새아씨가
먼 산을 치켜 보고
순산順産을 빈다
앞뜰에까지 찾아든
까투리 장끼에게
모이를 주고
어미의 시늉을 한다
어디선가 점백이가
뛰어나와 덮칠 것만 같다
춘설이 펑펑 쏟아지는
온 누리에
나는 나그네,
마냥 떠나가고 싶다.

반지

이것이 여인의 손에 닿으면
하나의 생명체로 빛을 냅니다

소중한 보물, 여인의 우윳빛
비밀을
고이 간직한 열쇠
내 눈길이 머물러,
당신의 내면을 그려낼 수 있는
원형圓形의 생명체

이것이 없는 당신의 손을 보면
나는 항상 불만입니다
두 손 모아 퍼낸 샘물이
순식간에 흘러내리듯
이것이 없는 당신의 손은
야성野性의 털

이것이 없는 손을 보면
서글픈 내력을 숨긴 여인인가 봐

살며시 그 손목을 잡아
내 마음의 반지를 끼워 주고 싶어요.

피리

따스한 체온
떨리는 목소리
온몸을 불사름으로
영원히 사라지는
참 안타까운 사랑

헤어지는 인륜人倫을 예견하고
일상의 슬픔으로 노래한다
바람 센 소나무밭의 속삭임을
가슴 조이던 달빛의 그림자를
너는 미세한 가락으로 넘어 간다

내 입술에 침을 적시는
아, 말할 수 없는
첫사랑의 숨결.

바람

그냥 울며 가는 모습
그 뒤에 보이지 않는 그림자
눈에 보이지 않는 아픔
더욱 큰 소리로 달아나는
기차 소리
세찬 빗소리
온 강산이 숨 죽여
샘물처럼 생명을 이어준다
아픔과 또 다른 아픔의
의상衣裳
눈물로 얼룩지는 원근遠近
주검과 다정히 어깨동무하는
그림자와 흐름의
시간-.

바다 소묘素描

이 크나큰 함정陷穽
솔로몬의 슬기 같은 파도여
황금의 누리를 천 리에 깔고
춤추는 저녁의 한때
바다여, 입을 열어라

산을 삼키고
거대巨大한 도시를 할퀴는
한 마리 짐승,
태고의 전설을 석양에 태우며
어느 영겁永劫을 접어 두려나

내 목숨과 맞선
저 환호성 같은 바다여
압도하라, 이 영원한 숨결과의 대결을
압도하라

어느 은빛의 아침
흰 모래 속에 조개를 잉태한

구름의 파도가
집어등集魚燈 같은 불덩이를 삼키고 있다
활화산活火山의 종말이

빙하시대의 바다가
주검의 그림자를 펼치며
이 석양에 합창이듯
파도를 친다
이 크나큰 함정에
나와 내 이웃이
빠져들고 있다.

노래

노래하는 아이들을 보면
나는 옛날 아이적 기분으로
돌아가 버리데

교실의 은빛 유리창에서
즐겁게 흘러나오던 윤창輪唱의 메아리가
안경 낀 여선생님의 고운 목소리처럼
즐겁게 즐겁게
노을 비끼는 서산西山으로
기러기처럼 날아서 넘어가데

아직도 옛날 아이적 친구를
길에서 만나면
앉은뱅이 의자에 그 큰 엉덩이를 맞대고
풍금風琴 치던 여선생님의 손가락이
하얀 손가락이 보고 싶어
응석을 부리듯 말하게 되데

아직도 나는 아이들의 노래를 들으면

이유 없이 흐르는 뜨거운 눈물의 참뜻을
말로 밝혀내기 힘들데
웬일인지 밝혀내기 싫더군.

금빛 햇살

밝아 오는 누리에
솟는 해를 보아라
바닷물에 씻은 얼굴
주름살 펴고
둥게 둥게 솟는 해
썰물 따라
바다 멀리 떠나갔다
돌아오는 새서방의
저 환한 얼굴을 보아라

편지를 읽어 보듯
그 많은 사연은 가고
이제 온갖 시름
그림자처럼 사라진
새 아침
오 맑고 고운 님이여
물살도 고른 바닷가
뭇사람들 다 모여
두 손 흔들어 보는

새 아침의 한마음을

노송에 앉은

백학白鶴의 염원이듯

흰구름 사이로

금빛 햇살을 잊지 마소서.

에로스

처음 나를 사로잡은 것은
아, 하나님이 아닌
저 여인

아침 이슬을 머금고
돌각담에 막 피어난
나팔꽃의 첫 순간을
누가 보았는가
그 순박과 일순—瞬의 아우름이
황홀과 전율로 와닿는 느낌

뛰고 뒤쫓는 마음에
갈망의 촛불을 켠다

아침 이슬이 보석처럼 반짝이듯
영원토록 불사르는
내 가슴속의 화인火印이여

끝내 나를 구원하고

생명의 신비를 풀어 주는
정결한 여울의 흐름같이
굽이굽이 돌아갈 신앙 같은 것.

두부 장수

방울을 울리며
목청을 돋우고
새벽을 헤매인다
안개 지느러미가
발밑에까지 뻗어 온다
미로迷路 같은 시계視界
발자국도 없이
두부 장수가 지나간다
잠꼬대하듯
새벽꿈을 연기演技하며
두부모에 따끈한 꿈을 서려 두고
안개밭을 지나
소박 맞고 나온
아낙네의 손목을 꼭 쥐어 본다

아 그 낭랑한 목소리
방울을 울리며 사라지는
저 머슴의 지게 위엔
살아 있는 살내음이 흐느낀다.

물레

강물 흐르듯
한없이 젖어 고이는
한 많은 여인의 울음이구나
소박데기의 아픈 숨결이구나

소복素服한 듯
슬픔 같은 것
어둠에 살라먹는
이 작은 등잔불 앞에
펄럭이는 그림자
문풍지 사이로 빠져 나가는
물레 소리
깊은 정적靜寂에 밀리어
한 천 년쯤 물러서는 어둠이여

조심 조심 부엌에 들어가
식칼을 들고 나오라
나의 두 손을 끊어 주고
이 질긴 물레줄을 끊어다오
나를 이 틀에서 놓아다오.

헌 구두 한 켤레

씁쓰레한 방랑이었네
무명無明이었네
박토薄土에 솟는
풀꽃 한 송이의 의미보다
차라리 이것은 섬찍한
놀람이었네
흘러간 시간에 대한
추억도 못 되는
도로徒勞였네

이젠 사형수의 어두운 나날처럼
철이 바뀌어도
그대로 먼지만 뒤집어쓰고
갇혀 있구나
처음 내가 너를 신었을 때
나는 가볍게 가볍게
지상을 떠돌아다녔고
나의 삶은 바쁘고 보람에 찼었네

아 내 친구여, 헌 구두 한 켤레,
어둠 속에 쭈그린 늙은 부부의
백발인가
아침마다 신장 안의 너를
나는 무심히 지나치누나
아니 지나간 우리들의 세월에
할 말이 없구나.

불꽃놀이

어둠으로써
비로소 흩어져 내리는
별들의 실상實像
물보라처럼 투명한
밤의 무지개

우리들 모두의 마음이
크게 열려 있을 때
서로 어울리어
터지어 나오는 환성을
어둠이 가슴 가득히
안아 주는 출렁임

그때 하늘에서 터지는
폭죽爆竹
우리 하나하나의 얼이
빛깔로 드러난다
빛의 흐름이
눈에 들어오는 순간

어둠은 차라리
장엄하다

온갖 꽃으로 피어나고
보석으로 흩어지는 형상,
폭죽 터지는 가을밤의
불꽃놀이, 빛의 조명이
떠올리는 젊음!

작별作別

자연, 그 풍요한 축제가 끝나고
하나씩 떠나가는 시간
지상으로, 허공으로
흩어지며 바람을 탄다

쓸쓸함에 익숙한 손님
아침 안개처럼
희미한 향수로
감성을 허물어낸다

기쁨인가 슬픔인가
찬 서리 내린 배추밭의 새들도
멀리 떠나고 있다

따사로운 나의 인정에도
누군가
하나씩 떠나고 있음은
세월의 탓일까

부스럭 소리에 놀라
썰렁한 계절의 뒤뜰을
혼자서 서성이고 있다
이 아침–
들을 떠나는 작별을 해야지.

첫 편지

떨리는 손으로
첫 편지를 쓰던 날

너의 이름을 차마 적을 수 없어
사랑한다는 말을 더더욱 못해
밤새 활활 태워버린 편지지

너무 신선하고 소중했던 충격
그 이름, 끝내 이름 부를 수 없었던
사랑이여, 홍보석의
그 발그레한 빛깔처럼
지울 수 없는 세월이 되었구나

항상 아침 해와 같은
밝은 환상의 이름이여
그날, 첫 편지의 두 글자에
한 시인이 탄생하였음이여.

아지랑이

아득하구나
아지랑이가 아니더라도
저 들에는 이미 노곤한 들바람이 불고
솟아나는 새싹, 초록의 파도가
백만 대군의 함성처럼
사랑의 씨앗으로 넘쳐나누나

봄밤을 헤쳐나와
새벽 꿩 울음소리 퍼지는
여기는 농경 시대
진달래꽃 질펀한 산자락에 앉아
태평의 세월, 그 영원한 희망
아지랑이가 아니더라도
이 봄은 아득하구나

그리움에 눈먼 여인이여
봄밤엔 우리 만날 수 있으리
사랑하고 씨앗 뿌려
아지랑이처럼
신의 나라 이룩하리라.

어떤 표정

한 여인에게 미소를 지었더니
"당신은 누구신데……"

다시 미소만 지으니
"내가 누구인 줄 알고……"

나는 깊은 시름에 빠졌다
그녀에게 미소를 지은 나는
과연 누구인지.

숫처녀 고르기

밤골, 만발한 밤꽃을 보러 가세
처녀들을 유인해
"밤꽃 향기를 맡아 보셔요!"
처녀가 얼굴을 붉히면
아 하, 아니구나 아니구나
처녀가 아니구나
숫처녀가 아니구나
혀를 찼대요.

밤꽃 냄새

후덥지근한 밤을 기다려
기생 눈썹을 한 초승달이 뜨자
과수댁, 바람 좇아 밤나무골에 드니
찡— 하구나 코 범벅이 되도록
질펀한 밤꽃 냄새에
과수댁 혼절하겠네

눈 여겨 보아온 홀아비야
저 과수댁 업어 가소
오늘 밤이, 첫날밤이 아니겠소.

어느 인생

이제야 내 뒷모습이 보이는구나
새벽안개 밭으로 사라지는 모습
너무나 가벼운 걸음이네
그림자 마저 따돌리고
어디로 가는 걸까.

사랑의 말

그리움에 낙엽 지는 소리
외로움에 바다 멀리 썰물 빠져나가는 소리
가녀린 목소리, 세밀한 가락으로 들려오는 환청
내가 누군가를 사랑하고 누군가에게 까닭 없이 빠져
있을 땐
나는 내 정신이 아니었어, 벙어리 웅변하듯,
나는 미쳐버릴 것만 같았지

그대 곁에 다가섰을 때
아, 나는 너무나 막막해 할 말을 잊었어
무엇이라 말해야 할지 넋을 잃었어
사랑의 고백은 어떻게 말해야 할지
처음, 이 감격을 말로는 못하네 어눌하게 아주 어눌
하게
귀엣말로 속삭이는 첫마디, 어찌 사랑의 말을 전할 수
있을지, 떨려떨려…….

시간

미지의 시간
신화의 세계
신神의 나라
그 시간의 영원함

내 안의 환상이여.

안개

새벽 귀 밝은 이는
눈을 감은 채 조용히 귀를 모은다

어둠을 헤치고 밀려오는
파죽지세破竹之勢
산을 넘고 강을 건너
들을 점령하고
아— 벌써 당도했구나
마을 앞 연못에 세수하고
골목골목으로 들어와
마당 꽃밭에 숨는
너의 정체를

살아 숨쉬는
내 숨으로 허파 속속들이
파고드는 너의 생명을

눈을 떠라
끝내 대문을 열어

이 불청객을 맞이하라
폭발하듯
뭉게구름처럼 피어오르며
우윳빛으로 하늘을 가리고
최후를 맞는 순간을

새벽 귀 밝은 이는
귀신에게 홀린 듯
너의 정체가 무엇인지
모른다는 사실을 깨닫고
황급히 대문을 나선다.

물

유려한 흐름
막히면 넘치고
새어 나가는
내 손에는 잡히지 않는 것

여리고 투명한 물빛
그대 선한 눈동자

마음으로는 규정할 수 없는
그 실체

사람의 마음 같아야.

돌밭에서

너는 지상의 별
아직 이름할 수 없는
원시의 형상

물먹은 강돌이
제 색깔로 드러나며
꽃의 형상을 짓는다
햇빛 먹은 물돌은
살아나는 몸짓으로
새의 형상을 짓는다

너를 무엇이라 이름할까
이 지상의 별자리에
하늘이 내려앉아
태곳적 침묵을 깬다.

더디 오는 봄밤

노곤한 육신은 눕자 하고
겨우내 묶였던 마음은
들로 산으로 내닫자 하네

봄밤엔 왜 이리 어둠이 더디 오는 것일까
곡절인즉, 당산나무 아래까지 몰려나온
동리 개들의 축제 판이 벌어진 탓

봄밤의 어둠은 천천히 밀려오면서
동구밖 하늘재까지 짖어대는 선소리에
주춤주춤 동리 인심을 살피느라
더디다, 더디다 하누나.

투명체*

어디에선가
이슬은 어둠을 헤집고 오신다
어디에선가
해는 어둠을 물리치고 오신다
이슬은
노란 햇살을 맞아 드디어
투명한 생명체로 태어난다

이슬과 해가 함께 이끄는
경이로운 우주
지상의 만물은 오늘도 안녕하신가?

* 시 〈이슬〉의 제목 교체

해방

갑자기 온마을이 술렁인다
일본이 망했다고
이제 해방이 되었다고
잔치가 벌어졌다
돼지를 잡고 소를 잡고
나누어 먹는 큰 잔치가 벌어졌다

이른 아침
아버지께선 원형식탁을 펴 놓으시고
태극기를 그린다
어디서 나왔는지 구겨진 태극기를 펴 놓고
큰 광목에 새로이 태극기를 그리신다

대문에도 내어 달고
이웃에도 나누어 준다
대한 사람 만세
대한 독립 만세

노하路下*에선 불이 탄다

신사神社가 타고
일본 사람들의 집들이 불길에 휩싸여
밤을 밝히고 있다
온 마을이 뜬 눈으로
뜬 눈으로 기쁨의 축제를 벌인다
해방의 축제를 벌인다.

* 평북 선천군의 지명

겨울 나그네

먼 길 떠나기 위해
단잠에서 깼다
아직 어둠이 머뭇거리는
새벽하늘에 아침이 온다
희끗희끗 날리며 앉으며
순식간에 천지를 휘감아
화살 짓는 눈발
서로 부딪치며 떠밀리며
지상엔 하얀 폭풍이 인다
나뭇가지 위의 새 둥지가
툭 떨어지고 새들이
포롱포롱 황급히 떠난다
굳게 닫힌 성당聖堂 문이 삐꺽
천장에 누워 있던 12사도使徒가
모자이크를 털어내고 걸어 나온다
뚜벅뚜벅 눈 속으로 떠나간다
그 뒤를 내가 따라 나선다
열둘 그리고 열셋의 발자국이
하얀 폭풍 속으로 사라졌다
발자국 뒤로 남는 헛기침 소리.

자코메티의 그림자

흙으로 빚은 육신은
죽어 미라가 되고
코로 불어넣은 영혼은 우주를 떠도는
은하수가 되었다

자코메티의 조상彫像들,
그 형체엔 그림자가 없어
내 감정이 들어갈 틈이 없구나
낙엽처럼 말라 부스러진 눈물의
비애, 외로움만 두고
노을 지는 광야로 뚜벅뚜벅
걸어가는 내 영혼 그대로의 형상이다.

세상을 떠나는 이의 생애가 왜 슬픔이 되어야 하는가

먼 기억 속에
내 죽음의 신神은 없었다

어느 핸가 목계木谿 돌밭에서
나는 혜산兮山* 선생과 함께
진흑眞黑의 보석, 견고한 수마석水磨石을
탐석探石하고 있었다

그때, 요령을 흔들며 마을 사람들이 치르는
장례 행렬에 나는 한참 정신이 팔렸다
상두꾼의 상여 소리에 귀가 멀었다

이승을 떠나는 이의 생애가
왜 슬픔이 되어야 하는가

슬픔은 결코 망자의 것이 아닌
남은 자들의 몫이거늘
세월은 지나고 강물은 흘러도
우리네 슬픔은 진흙의 보석으로 남았구나

상두꾼의 만가는
슬픔도 기쁨이요
기쁨도 슬픔인 것을
영원을 향해 숨 쉬는 남은 자들의 후렴일세
어이– 어이–.

* 박두진 시인의 호

눈물

이젠 나도 눈물을 흘릴 때가 있다
사소한 일에도 감동할 줄 아는 축복

음악을 듣고 있다가 눈시울을 훔치고
사람을 만나면서도 등을 돌리고
눈물, 눈물을 닦는다
야외수업을 하던
뒷산, 화성교에서도
나는 눈물을 보여 주었다

한낮엔 부끄러워
사람들 앞에선 면목이 없어
은밀히 찾아낸 골방에서
눈물의 의미를 생각한다.

모음母音으로 빚는 언어, 우주

우주는 홑소리로 빛을 창조하신다
사람은 모음으로 생기와 활력의 말을 빚고
문자로 사유하는 누룩을 빚는다

아– 아버지
어– 어머니
오– 오, 생명의 신비여
우– 우리는 호모 로쿠엔스(homo loquens), 우주 지킴이
이– 이 환희의 감동, 감격의 창조적 발견, 이성의 깨
우침
"마음이 청결한 자는 복이 있나니~"
"화평케 하는 자는 복이 있나니~"*
말씀이 씨앗이 되었구나,
모음으로 설계하는 우리는 호모 로쿠엔스.

* 마태복음 5:8–9

모래시계
– 속의 세월

모래알 낱낱의 알갱이는 무시간대의 산물
나는 모래알
비로소 모래시계 속에 투명한 세월의 생명성을 얻다
시간은 창조의 힘, 세월은 유구悠久한 우주공간,
창세기의 흔적이 무시간대에 남아 있다

나의 시간은 더딘 시간, 과거로의 회귀나 미래에로의
초월은 없다.
오늘, '실존하는 지금' 현재가 있을 뿐
나의 무딘 세월은 끝내 모래시계의 좁은 길목에서 좌
절하고 절망한다

좁은 문으로 들어가라
"나는 아직 그것을 잡았다고 생각하지 않습니다. 다
만 나는 뒤에 있는 것은 다 잊어버리고, 앞에 있는 것을
붙잡음으로써, …내 앞에 놓여 있는 푯대를 향해 날마
다 달려갈 뿐…"(빌 3:13-14)
사도 바울의 목표를 향한 열정과 집념의 고백은
나의 더딘 시간을 모래시계 속의 좁은 문으로

"들어가라 들어가라"
해방, 자유, 무시간대의 영원 속으로
오로라의 신비
거기 우주공간 속으로 비상하라신다.

데자뷔(Deja vu)

"이미 있던 것이 후에 다시 있겠고
이미 한 일을 후에 다시 할지라
해 아래 새것이 없느니라"*
(기억하고 상상하는 것들의 대상과 나의 경험 세계를
복원하는 시간은 "짧고도 길다")

"빛은 실로 아름다운 것이라
눈으로 해를 보는 것이 즐거운 일이로다"**
(빛은 사라지나 마음속의 빛은 영원하다)

"눈으로 보는 것이 마음으로 공상하는 것보다 나으나
이것도 헛되어 바람을 잡는 것이로다"***
("나는 생각한다 고로 나는 존재한다"****는 존재의
영혼은 지금 어디로 나들이 갔을까?)

"거울 앞에 서서
낯선 얼굴을 마주한다

이게 누구더라?"*****

(어제의 내가 오늘의 나일 순 없다. 의식과 망각의 세월 속에 "너 자신을 알라"******는 신의 경고).

* 전도서 1:9
** 전도서 11:7
*** 전도서 6:9
**** 데카르트
***** 필자의 시 〈이게 누구더라?〉에서
****** 소크라테스

회상의 숲·1

내 회상回想의 숲 속엔
이제 아무도 거닐지 않는다
밤바다에 닻을 내린
목선木船의 꿈처럼
뒤척이는 물소리에 사라진
내 어린 그림자의 행방을
이제 아무도 모른다

조그만 손으로 눈을 가리고
호랑이 흉내를 하던 나의 과거를,
옥수숫대로 안경을 만들어 끼고
신방新房을 차리던 볕바른 토담에
까치옷과 부딪쳐 눈물 흘리고
나의 생가生家를 둘러선
밤나무 숲 속에서
가슴 조이던 유년시대

내 사랑의 싹이 움트고
내 지혜의 은도銀刀가 빛나던

밤나무 숲 속,
새들의 노래는 퍼져가고
노을 속에 물드는 강물의 꿈은
멀리멀리 요단강으로 흘러가듯
그때 발성發聲하던 내 목소리를
이제 누가 기억하고 있으랴.

고마운 친구들

언제부터인가
나는 나에 관한 소문을 들어 본 적이 없다

세상 친구들은 나를 잊어버렸는가 보다
참으로 고마운 일이다.

이게 누구더라?

새벽마다
나는 화장실에 들어가 앉아
잠시 새벽기도를 드린다
그리고 조간신문을 뒤진다
끝내 부고란에서도
내 이름은 발견할 수 없었다

얼굴을 씻고 이빨에 칫솔을 들이대며
거울 앞에 서서
낯선 얼굴을 마주한다

이게 누구더라?

약속約束의 땅

이제 나에겐 이적異蹟이 필요할 때
육신에 새 살이 돋고
새 핏줄에 푸른 피가 돌아
내일을 예감할 수 있는
약속의 땅, 그 나라를 명상하며
젊음의 근육질로 저 바다를 달려야 한다
하늘에 뛰어들어
내 고향, 육신의 땅을 향해
망원경으로 보듯
아, 내 살아 있음의 낱낱을
지도 그리고
숨이 숨을 이어가는
영혼의 참모습을 바라볼 때이다

이적은 이적을 낳고
죽은 자가 산 자를 보고
죽었다고 슬퍼하나
아무도 죽은 자를 탓하지 않는다
물 위를 걸어 사람을 구하는 자와

물속에 빠져 주검으로 떠오르는 자와
모두 이적이 이적을 낳는 시대

하늘로 떨어져 죽음을 건지는 자와
하늘로 올라가 죽음을 살리는 자가
공생하는 나라에
붉은 악귀가 창궐하니
집집마다 부적이 붙고
사람마다 비밀의 알갱이들이
호두 껍질에 쌓이듯
밤송이에 숨듯
꽁꽁 얼어붙은 욕망의 씨앗

이제는 내 씨앗을 삭여야 할 때
삭여서 새 뿌리에 움이 돋는
부끄러움과 수치가 없는
육식을 벗은 영靈으로 날아갈 듯
지하의 어둠에서 돋아
한 송이 꽃으로 피어나야 할 때

이적이 또 다른 이적을 뿌려야 할
그날이 와야 한다

하나님은 계시啓示로 말씀하시고
예수님은 몸으로 말씀하신다
하나님은 영으로 나타나실 때
예수님은 육신의 죽음으로 나타나
모두를 이루어내셨다 승천하셨다

오늘 나의 육신에도 이적이 필요한 때
약속의 땅, 그 나라에 가고자
작은 이적을 수행해 가야 한다
나의 골방에서 말씀을 나누고
내 이웃과 손을 잡아야 한다
손을 잡고 사랑을 나누어야 한다
축복에 대한 감사의 눈물
이웃에 대한 사랑의 눈물이
다시 흐를 수 있는 작은 이적이 일어나야 한다.

신사 참배

아침 조회가 끝난 운동장
바람에 펄럭이는 일장기 너머
산봉우리에 잔설이 녹으면서
백합처럼 하얗게 반짝이고 있었다

학생들은 산등성이에 자리한 신사神社로 간다
선생님의 인도로 갔다
거기서 우리는 한 줄로 서서
아마테라스 오미카미天照大臣에게 큰절을 했다
힘 안 들이고 넙죽넙죽 큰절을 했다
그날 학교는 일찍 파하고
나는 신작로 길을 벗어나
들길 따라 바람 따라 쏘다니다 집으로 왔다
영문도 모른 채 신사 참배를 하고 돌아온 아들에게
큰 화가 미쳤다
가친家親께서는
'미처 일러주기도 전에 일을 저질렀구나' 였다
절대로 그 앞에 절을 해서는 안 되는 것이었다
절대로…….

사선死線을 넘어 · 1

평양을 떠나 해주로 왔다
합법적으로 기차를 타고 왔다
변두리의 여관에 여장을 풀다
주변엔 작은 시내가 있고
석교石橋가 있고 고풍한 맛을 풍겼다

어른들은 안내원을 찾아 접촉한다
안내 비용과 출발 일시와
또 위기 탈출의 심득心得 사항을 익히고
어두운 밤
썰물 따라 38도선을 넘었다

어떤 이들은
어린애가 울음보를 터뜨려
애기의 목을 졸라 생명을 앗기도 했단다
기침도 발자국 소리도 없이
한 줄로 안내원을 묵묵히 따라야 한다
아빠의 등에 업혀 썰물의 갯벌을 밤새 따라간다
남으로 남으로

그 짧으나 길고 긴 시간
경비병들의 초소를 피해
남으로 왔다.

로스케* 1

로스케가 온다
마적단처럼 마차를 타고 온다
한 마장쯤 줄지어 신작로를 메우고
기름때 묻은 군복에
토시 같은 창 없는 모자를 쓰고 온다
재깔재깔 호적胡敵처럼 떠들어대며 온다

날이 저물면
길가의 마을에 진을 치고 묵어 간다
고장 난 마차 바퀴를 동네 달구지 바퀴로 갈고
식량도 빼앗고

드디어는 부녀자들까지 찾아내
요절을 낸다

이 소문은 곧 퍼지고
신작로변의 동네 부녀자들은
멀리 산골 마을로 피신을 간다
며칠씩 간격을 두고 간다

로스케가 내려오는 날이면
온 동네가 야경단을 조직하고
스스로 지키려 한다
그러나 속수무책이라네
로스케가 묵어가는 동네는
무엇 하나 남아나는 것이 없었지

일본군을 항복시키고
마적같이 들이닥쳤다.

* '로스케'는 소련 사람. 즉 당시 소련군을 지칭하는 말이었다.

빨간 딱지

소문대로 우리 집 대문에
빨간 딱지가 붙었다
살던 집을 두고
가재도 그대로 두고
몸만 나가라는 명령서란다

우리는 고향을 떠났다
몸만 나가라는 명령을 어기고
소 두 마리에 살림살이를 싣고
칠흑의 한밤에
집을 떠났다

기차로 평양 고모 댁으로 갔다
여기는 중간 기착지
골목마다 석탄가루 풀풀 날고
전쟁에 사그랑이가 된 건물들
타일을 주워 소꿉놀이를 즐겼지.

6 · 25

남영동 집에서 해방촌에까지
해방교회 유년주일학교에 다녀오던 길
갈월동에서 용산중학교 밑에까지
부대 앞 군인들이 드문드문 줄을 서고
돌아오는 휴가병들을 재촉한다
빨리빨리 부대로 들어가란다
갈월동 전차길에 이르니
군 트럭에 탄 완전무장한 국군이
서울역 쪽으로 달려가고 있었다
길가엔 많은 시민들이 나와 박수를 쳐주며 격려한다
전쟁이 난 모양이다
이미 《12 용사전》*을 읽었던 나는
전쟁이 올 것이라는 예감을 맞추었는지도 모른다

우리 모두의 비극이 시작되었다.

* 《12 용사전》은 6·25 발발 전에 출간되었던 책으로 송악산 부근에서 북괴군과
   아군 간의 교전이 있었는데 이때 용맹을 떨치고 전사한 국군의 전기였다.

으스름 달

노을이 지는 산마루엔 황홀한 빛잔치이더니
땅거미 퍼지는 들길을 돌아올젠
쉬 어둠이 몰려와 나를 사로잡는구나
두려움은 곧 사라지고 서글픔, 외로움 따위가
언제부터 그리움이 되었는지—
강냉이 밭에 바람이 이는가 보다
육감이 으스스하다

어느 사이엔가 살며시 떠오른 으스름달
눈길이 마주쳐 나는 물끄러미 치어다 본다
분명, 너는 무엇인가 숨기고 있던 내 속내를
덧없이 엿보고 있었구나.

믿음

내가 그대를 믿는다는 것은
결국, 나 자신을 믿는 것이다
나에게 확신이 올 때
진정 그대를 믿는 것이다

내 이웃을 믿고
그리고 신神을 믿을 수 있는 것은
가장 큰 축복이다.

어둠, 어둠이 나를

어둠 속에 비치는 지상의 경계
멀리 지평선은 장엄莊嚴하구나
숲 속은 조용히 숨을 죽이고
날것들이 깃드는 소리가 아득하다

이때
예배당의 타종이 끝난 뒤
오래오래 남는 정숙靜淑한 여운을
나는 꿈꾸듯 들여 마신다

내 생명의 숨결을
이어주시는 분과 함께
어둠은 나를 감싸준다
영원한 평안을 주신다.

3부

을숙도에 가면
보금자리가 있을까

겨울꽃

말하지 마세요
눈 뜨지 마세요
끝내 순백의 꽃으로 강림하는
이 황홀한 생명을
우리 마음속에 맞기 위해
사랑의 말을 숨겨 두세요
맑은 눈동자를 숨겨 두세요

그는 무형한 것으로
오래 오래 하늘에 숨었다가
시인의 눈을 뜨게 하는
결백한 꽃으로 옵니다
시인의 사랑을 펼쳐 주는
겨울의 언어로 옵니다
형언할 수 없는 회색의
하늘을 펄펄 날아옵니다.

가을이 온다

9월이 오면
어디론가 떠나야 할 심사心事
중심을 잃고 떨어져 갈
적赤, 황黃의 낙엽을 찾아
먼 사원의 뒤뜰을 거닐고 싶다
잊어버린 고전 속의 이름들,
내 다정한 숨소리를 나누며
오랜 해후邂逅*를, 9월이여

양감量感으로 흔들리네
이 수확의 메아리
잎들이 술렁이며 입을 여는가

어젯밤 호숫가에 숨었던 달님
혼삿날 기다리는 누님의 얼굴
수면水面의 파문으로
저 달나라에까지 소문나겠지

부푼 앞가슴은 아무래도

신비에 가려진 이 가을의 숙제宿題
성묘省墓 가는 날
누나야 누나야 세모시 입어라

석류알 터지는 향기 속에
이제 가을이 온다
북악을 넘어
멀고 먼 길 떠나온 행낭行囊 위에
가을꽃 한 송이 하늘 속에 잠긴다.

* 해후상봉邂逅相逢의 약자 : 우연히 서로 만남

숲이 어느 날

먼 길 떠나온 나그네
숲 속에서 잠이 들었다
짙은 녹음이 깃들여
쌓아올린 여름의 성

사랑의 유희가 끝난 짐승이
낮잠 자는 이끼 바위 위엔
뭉게뭉게 구름으로 솟아오르는
천 개 만 개의 부푼 꿈
푸른 바람으로
콧구멍 숨을 쉬는
잠든 나그네의 귓전엔
멀리 두고 온 새장 속
한 마리 새의 울음이 들려온다

지금 강가로 날아가는
자유의 새들이 고개를 넘으며
천둥소리에 파르르 날개를 떤다

후득후득 왕 빗방울이 지나고
꿈의 환영幻影이 깨어지는
바다에서 말려오는
파도의 도전에
숲은 신神의 몸짓으로 일어서며
바람을 잡고
천둥소리를 잡고
쏟아지는 비의 함성喊聲으로
방어진防禦陣을 친다.

목화밭

달밤이 좋아라
강강수월래도
술래잡기도 좋아라
목화밭에 선 계집의
저 환한 얼굴
목화 송이 송이
시리도록 흰 얼굴에
동백기름 빗어 내린
까만 머리가 더 좋아라
연지 냄새 살냄새
코밑의 입김이 더욱 좋아라

푸른 달빛에 젖은 목화밭은
이제 막 떠오르는
두루미 떼의 나래 짓
허위적 허위적
우리는 뭉게구름 밭에 떠 있네
두둥실 떠가네
이 목화밭은 미망인의 시름 같은 적막

하얗게 하얗게 소금을 뿌리네
이 달밤은 고요뿐이네.

코스모스

하늘의 흰 구름이
산비탈의 빨간 단풍이
이 울타리에 둘러선 코스모스가
말없이 웃고 있네
조용히 웃고만 있네

먼 소나기 오는 벌판에서
산골의 오솔길에서
한여름을 헤매이다가
여기 내 울타리에
줄지어 선 코스모스

문득, 할 말을 잊었네
나루터 맑은 강물에
얼굴 씻는 저 여인
흰 살결,
수줍은 듯 얼굴 붉히는 눈인사.

교외郊外

가깝고도 먼 나라,
잿빛 하늘과
마른 풀밭에
포롱포롱 작은 새들이
헤엄쳐 간다

사각 사각 쌓이는
눈밭 사이로
발자국만 남아,
빈 나뭇가지 뒤에 두고
어디로 갔나.

낙엽제 落葉祭

아침 안개가 걷히며
뜨락은 수정水晶같이 맑다
원색의 낙엽을 주워 모으다
그냥 낙엽 위에 앉아
세월을 바라본다

한여름 그늘에 누워
먼 산 그리며 채색하던
푸른 잎들이
이제는 내 손에서 부서진다
후박厚朴나무의 마지막 잎이 지는 소리
서걱이는 갈색의 허망

오늘 마지막
낙엽을 모두 모아 놓고
낙엽제를 갖자

활활 불태우고
연기 남은 뜨락의

어느 아침 곁,
나는 혼자 일어선다.

자연송自然頌 5편

외로운 한 그루의 전나무처럼 홀로 떨어져
높은 곳을 향하여 나는 서 있다. 그림자도 없이,
나의 가지엔 다만 산비둘기가 둥지를 틀 뿐이다.
　　　　　　　　　　　　　　— 키에르케고르

별

천체는 하나님이 지으시다
그 중 별들은 나의 것
목동이 양 떼를 보살피듯
밤마다 지켜 온 별자리

풀밭에 누워
하늘의 별을 바라볼 때
화살표 그리며 떨어지는
작은 별
아, 별 하나 잃어버렸네

그 별을 찾아

밤새 꿈꾸고 있었다
나의 소유였던 너
이제는 소중한 사랑의 씨앗으로
땅 속에 묻어 놓고,
오늘도 나는 가난하지 않다
보석상, 그 많은 보석의 주인보다
들판 가득히 넘치는 낟알을 두고
흐뭇하게 잠든 농부보다
나는 더 많은 별을
하늘에 두고
밤마다 주인이 되네

헛간 가득히 쌓이는
소 울음도 아침이 오면
적막에 묻히네
천체는 어디로 가고 있을까
내 별들은 어디에 숨었을까.

달

아무 말 없이
살며시 숨어 버렸네
호수면엔
어둠이 일어난다
실바람이 일어난다

숲 속에서
작은 목소리로 노래하듯
꽃잎이 피어난다
그 찬란한 빛깔을 숨긴 채

아직
숨어 있을까
잠자고 있을까

오늘 밤에는
내 마음 속에 담아 보랴

하늘에 떠 있다가
호수면에 숨어 버린 달

깨어지지 않게
깨어지지 않게
자장가 부르며
내 마음속에 담아 보랴.

해

눈부시어 눈부시어
형상을 잡을 수 없는 거인巨人
모두를 불로 삼키려는가
숲 속 온갖 짐승이 환호하는
금빛 사자獅子여

산과 산이 손뼉을 치듯
하늘 높이 치솟는 함성

크게 눈동자를 그리며
멀리 돌아오는 메아리

내 들어갈 수 없는 나라
언덕 위 우뚝 선 성곽城郭
그 안을 환히 비추다 가는
금빛 가슴

눈부시어
눈뜰 수 없는 나,
한 아름 원을 그리며
나를 감싸 버리는 거인巨人의 팔.

돌

너는 지상의 별
아직 이름 붙일 수 없는
원시의 형상

물 먹던 강돌이
색깔로 드러나며
꽃의 형상을 짓는다
햇빛 먹은 뭍 돌은
살아나는 몸짓으로
새의 형상을 짓는다

말씀이여
무엇이라 이름할까
이 지상의 별자리에
하늘이 내려앉아
태고의 침묵을 깬다

내 피를 받아 숨을 쉬어라
물소리에 울어 보고
물빛에 눈을 떠 보아라.

미루나무

하늘 높이 치솟아
구름을 잡을 듯
항상 위태한 손짓

태고의 세월을 묶어 두고
바람 소리에 귀가 뜨이며
아침 햇살에 눈이 뜨이는
까치 방의 작은 생명들

내 귀를 뚫어내는
자연의 모음母音

하얀 별
까만 돌
까치 방에서
새 생명을 얻고

미루나무는 더 깊은 곳으로
노를 저었다.

풀밭에 오면

풀밭에 오면
나는 어색한 시늉밖에 못 해
촌스런 짐승이 된다
몰이꾼에 쫓기는 노루처럼
내달을 곳이 없다

여기 넓은 들에
새들이 날고 있다
여기서는
모두가 흩어지고 있다
사방으로 뜻 없이 낙하한다
구름도 날고 그림자도 난다
풀잎도 뛰고 메뚜기도 뛴다

역시, 나는 어색해
멀리 아주 멀리만을 향해
소리쳐 보는 외에는,
메아리도 없는 이 영원

짙은 초록밭에
내 시력은 무력해
이 크낙한 공간으로
중심을 잃고 휘청하는
어색한 몸짓을.

농부와 매미

농부는 귀머거리
그는 아무 소리도 듣지 못한다
하늘 아래 첫 마을
서낭당 돌밭에 올라서니
미루나무 숲이 하늘과 맞닿은 곳

일제히
맴맴맴-
수천, 수만의 떼 소리
하늘이 떠내려가는 소리에
넋을 잃는다

따비밭에 앉은 아낙네들
논두렁에 선 남정네들
그들은 이 소리를
듣지 못한다.

자연 만세

어서 냇물을 건너라
어쩔 수 없이 흘러가듯,
징검다리를 힘껏
뛰어서 건너라
초록의 들판에 들어서면
내 시력視力은 빛의 파수꾼
귀로 집중되는 봄의 소리는
차라리 교향악
깊이 들이마시는 공기는
누구의 은혜인가
오래 단련된 근육의 힘으로
뛰어라
펄럭이는 초록의 깃발을 들고
힘찬 함성으로
이 크낙한 생명 현상 안에
달려가는 기관차의 리듬
그 질서를 위해 불을 질러라
아, 자연自然 만세萬歲.

내 영혼이 풀밭에 누워 2

꿈꾸고 싶어요
그리운 이 모두와 함께
놀고 싶어요

풀잎에 앉은 이슬처럼
눈물이 스르르 흐르는
추억을 꿈꾸고 싶어요
밤하늘에 반짝이는 별빛처럼
나의 외로움이 보여요
고요함 속에
끝없이 떨어져가는
나의 육신이 보여요

들소의 되새김 같은
이 끝없는 의문의 소리를
다 잠재우고
그림 같은 이 풀밭에 누워
그냥 잠들고 싶어요

끝나지 않은
영원한 꿈의 나라로
그냥 날고 싶어요.

무섭게 벋어 오르던 덩굴 속의 빈 의자에는

오랜 세월 나무숲에 가려 있는
나의 학교
빛바랜 벽돌 벽에
무섭게 벋어 오르던 덩굴
그것은 내 유년의 꿈이었구나
모든 형상의 그림자를 뛰어넘어
뭉게구름처럼 피어오르던 여름

그 여름은 어디 가고
친구들은 어디에 있을까
세월의 그늘에 지도를 펴놓고
먼 나라로 떠난 종소리

빈 강당에 들어서자
텅텅 빈자리
모두가 낯설고 이상하다
지붕 밑 유리창으로 쏟아져 내리는 햇살
오직 그것뿐이구나

내 자란 키만큼
손등에 주름진 나이만큼
조용히 울어 보고 싶은 시간
아무도 찾아오지 않는 뜨락
어디선가 내 이름을 부르는 소리
그 환청에 놀란다.

민들레

달구지 길 여기저기
뒤따라간 망아지 소리
들길은 마냥 부산하다

민들레꽃 혼자 피어 무료하신가
수줍은 듯 그리움인 듯
그리움은 끝내 사랑으로 농익어
바람 따라 온 들녘으로 떠나간다

시간은
민들레꽃을 놓아주고
방목한다.

두엄을 퍼내며

입춘엔 굼벵이도 기지개를 켜나 부다
겨우내 얼다 녹다 지린내에 찌들은
두엄더미에서 굼벵이 한 마리, 두 마리
햇살에 눈이 부신 듯 꿈틀대는 모양이 힘차 보인다

천수답엔 몇 지게나 퍼낼까
감자, 콩밭에도 넣어야지

두엄을 퍼내는 농군의 얼굴엔
호박꽃처럼 큰 꿈이 피어난다
얼굴에 흐르는 구슬땀은 햇살에 닦아내고
등에 흐르는 구슬땀은 이슬비에 씻겨내는
춘삼월이로다.

을숙도乙淑島에 가면 보금자리가 있을까

고니가 온다
겨울보다 먼저 몰려온다
하얀 깃털을 날리며
떼 지어 훠이훠이 돌아오누나
긴 모가지가 기우뚱,
을숙도가 보이는가
오냐, 어서 오너라
우리들은 너의 안부가 궁금했었다
와서 보금자리를 틀고
갈밭에서 숨바꼭질하자

신성神性의 모가지와 날갯짓
누가 그 위엄에 도전하랴
와서 함께 겨울을 설계하자
자유의 천지, 자연의 세월을

네가 훠이훠이 돌아올 때면
우리는 시베리아의 안부가 궁금하다.

들길로 나아가는 수레를 타고

들길로 나아가는 수레를 타고
단술에 취한 듯 쉬 노곤해지는
이 아지랑이 피어오르는 봄볕이여

아카시아 향기에 젖어 마음은
뜬구름에 올라 육신을 저버린다

저기, 여기 어디엔가
꽃상여 가는 행렬,
그 구성진 소린
사람의 소리인지 짐승의 소리인지

노고지리 노고지리
들길엔 만물이 살아 화답하누나.

찔레꽃에 코를 박고

마을에서도 후미진 곳, 당산에 오르는 길섶에
찔레꽃이 피어날 때면 마음이 싱숭생숭
환장한 남정네들을
누가 보았소

짙은 분향이 돌담 밖으로 솔솔
마나님 살내음 같아야, 찔레꽃에 코를 박고
안절부절 허둥대는 남정네들을
나는 보았소.

찔레꽃 전설

산골마을에 외로운 찔레꽃
오월엔 찔레꽃 전설을 찾아
박가분(粉) 한통 가슴에 품고
수줍은 임을 찾아 떠나는 길
길가엔 민들레도 피고 지고
쇠똥구리도 바쁜 하루

토담 너머, 멋쩍게 웃던 그 속내를 몰라
찔레꽃 향기에 내 코는 개코가 되었소
기약도 없이 찾아가는 찔레꽃 여인
간절한 미소, 그리움에 속 타는
찔레꽃 전설을 찾아갑니다.

찔레꽃 사랑

찔레꽃은 제일 먼저 내 귀로 다가왔네
여인의 간절한 소망 가수의 노랫말로
내 외로움을 읽어 주는 꽃이었네

찔레꽃은 전설의 여인으로 다가왔네
수줍은 듯 순박한 그리움의 얼굴로
내 꿈속에 찾아오시는 미지의 여인

내 눈에 뜨이는 찔레꽃이
여인의 향기를 뿜는 것은
처음 마주쳤던 여인의 환상
끝내 침묵의 여인으로 마주치는 것이랍니다.

이 오묘한 향기

아카시아 향기의 추억을 기억하시나요?

지금 나는 천천히 숨으로 마시고
오감五感으로 체험하고 있습니다

어여쁘구나, 황홀하도다
어머니의 젖내음보다 더 그리운
꽃다운 사랑의 향기를
봄비가 얼굴을 적시듯
코끝을 간질이는
이 오묘한 향기

생기生氣를 뿜어내며
부지런히 꿀벌을 모아
윙윙대는 꿀벌의 사역使役
바람에 날리는 풍금 소리와도 같은
이 달콤한 향료를
지금 나는 아카시아 나무 그늘에 앉아
폭포같이 환호하는 향내에 취해
숨을 죽이고 싶은 잠에 듭니다.

그해 봄은 아주 따뜻했었지

그해 봄날은 아주 따뜻했었지

진달래꽃 붉게 피어나는
꽃 잔치 하는 봄날은
동산에 올라 진달래 뜯어 먹고
단술에 취한 듯
노곤한 육신을
바위에 기대어 낮잠 자던
그해 봄날은 아주 따뜻했었지

수백 마리 꿩들의 봄나들이
산골 물가에 내려와 장터를 이루고
꿈에 떡 본 듯 술에 물 탄 듯
병풍에 그린 꿩이
푸득푸득 날아가던
비몽사몽에
푸득푸득 까투리 장끼 어울려
꽃 잔치 하던 봄날
그해 봄날은 따뜻했었지

그해 봄엔 내 가슴속에
그리움이 붉은 불덩어리 되어
구름 따라 강물 따라
어디론가 먼 데로 떠나
한 세월 살고 지고
목 놓아 부르고 싶었네.

뻐꾹새는 어쩌자고

골짜기 뜸한 데에서
찔레꽃 향내가 물씬물씬
유월의 동산을 적셔 버리면

마을 남정네들
코침을 맞은 듯 코 범벅이 되어
마음은 쿵쿵 허우대는 허둥지둥
동구밖으로 내닫고
찔레꽃 향 바람에
애틋한 그리움을 실어다 주는
이 밤의 기운

뻐꾹— 뻐꾹—
뻐꾹새는 어쩌자고
찔레꽃 향내만 두고
내 마음만을 훔쳐 가누나.

목련이 지던 날

이른 새벽입니다.
지금 제 정신은 차가운 이슬처럼 맑습니다.

오늘은 외로움,
헤어지던 정든 이의 뒷모습이 그림자로 남았습니다.

화려했던 목련이 지고 난 다음
새벽달의 표정은 연민의 정, 구름 속으로 숨어버렸습니다.
품 안에 품었던 파랑새 한 마리가 꿈과 함께 날아간
허전함이었습니다.
뒤울안의 목필木筆*이 너무 탐스러워 탄성의 노래를
곱씹던 추억,
이 목필에 새벽이슬을 찍어, 파란 하늘을 선화지 삼아
그리움의 말, 영혼의 속삭임을 적어 보겠습니다.
목련이 지던 날
봄마다 목련이 지던 날의 봄밤엔 부활의 신화를
은밀하게 학습하곤 했습니다.

(2015년 3월 30일)

* 목련木蓮의 별칭別稱

아카시아 향내와 각혈하던 사내

아카시아 나무 아래 누워
아카시아 꽃향내에 취한 듯
콜록대며 숨이 차 하던
폐병 환자의 하얀 얼굴

내 고향엔 뭉게구름도 떠가고
쏜살같이 제비 떼도 날던 5월의 들녘
바람과 아이들이 숨바꼭질하던 강냉이밭
자연의 숨결인 듯 코에 스미던 향내

홀로 찾아와 기침하고 각혈하던
이웃 아저씨가 눈을 감은 채
편안한 자세로 누워
어디론가 귀를 기울이고 있었다

소란하던 아이들은 이 풍경을 바라보며
조용히 스치어 갔다
폐병 걸린 사내가 죽은 것 같다고 누군가 말했다
우리는 모두 겁먹은 얼굴로

눈시울을 붉히며 되돌아왔다

그 다음부터는 더 이상
갈 수 없었던 아카시아 언덕
더는 볼 수 없었던 폐병 환자의 영혼을 위해
지금, 나는 무엇을 말해야 할지 모르겠다

아— 이 찬란한 5월의 태양 아래
달콤한 사랑, 아카시아 향내를 맡으며
내 세월에도 꽃잎이 흩날리고
흩날리며 끝내 지는 것을
나는 조용히 지켜보고만 있다.

쇠똥구리와 민들레

들길에 나가 보면
달구지 바큇자국이 두 줄로 이어지고
한복판에 쇠똥이 널려 있습니다
쇠똥구리가
자기보다 크게 쇠똥을 뜯어내어
공 굴리듯 뒤뚱뒤뚱 민들레 풀섶으로 들어갑니다
민들레는 쇠똥구리의 부지런함을 바라보다
하늘 한번 보고 서두릅니다
"바람아 불어라 어서어서 불어라"
하얀 머리 풀고 멀리멀리
미지의 나라로 날아가고 싶은 꿈을 꿉니다
매미도 여치도 평화로운 세상
계절의 풍류를 노래합니다
하늘의 해와 구름이 숨바꼭질하듯
쇠똥구리는 부지런히 내일을 예비하고
민들레는 먼 나라로 바람을 탑니다.

저녁노을이

그리움을 숨기면 고독이 되고
슬픔을 숨기면 눈물이 되네

날마다 서산마루에 걸리는
저녁노을이
내 그리움 내 슬픔인 것을

바람결에 들리는 새소리
어둠 속으로 사라지는 황톳길
저녁노을은
빛과 그늘이 한 속이 되는 시간

내 고독은 깊어지네.

4부

●

축제의 노래

반추反芻

그렇게 애태우던 것
다 가고
나는 하늘에 떠가는 것
흰구름이나 바라보는
언덕 위의 목동

저만치 풀 뜯는 황소를
두고
사랑, 질투를 물어보고
또 그러 그러한 것
다 물어봐도,

"나는 몰라"
꼬리만 흔든다
저 산자락을 향해
돌아올 줄 모르는
망아지를 불러 본다.

눈물의 의무義務

눈물이 흐르고 있다는 것은
나는 아직 살아 있다는 것
트인 하늘이며, 어느 산 밑으로 향하여
감격할 수 있는 불면의 눈은
화끈히 달아오르는 불덩이
열망하듯 호소하듯,
그것은 귀한 보석을 지닌 것

눈물이 흐르고 있다는 것은
아주 먼 날들을 더듬어
훈훈한 초원으로 풍기는 바람 속,
생명으로 이어오는
많이 반짝이는 별처럼
나는 아직 살아 있다는 것
생각한다는 것

아직 남아 있는 시간과
마음껏 주어진 자유로
어쩔 수 없이 눈물이 흐르고 있다는 것은

많은 소망으로 애무愛撫하는
이 절대絕大한 생명의 의무.

일상

요사이 나는
매일 죽는다
밤마다 하루를 일기로 진술하고
그날의 '나'를 완전히 처형해 버린다
어둠 속으로 강물 위에 띄워 보내고

다시는 생각나지 않게
알약 하나씩 먹는다

새 날에, 새 사람으로
탄생하기 위하여
아침 식탁에 앉는다
어린아이들과 함께
먼저 식기도를 드린다.

분명한 사건

부음訃音 만큼 분명한 전갈은 없다
경악보다 더 빠른 순간의 절망
죽음을 인생의 종언終焉이라 부르지 말자
주검을 보고 슬퍼하지 말며
슬픔을 아픔으로만 생각하지 말자
하관下棺을 위한 마지막 의식을
영원한 하직이라고 생각하지 말자
우리 사이에 영원은 없고
잠시 헤어짐뿐이니

비는 멎고 무성한 푸새만이
우리를 대신하여 흐느낀다
지금은 죽은 자와 산 자가 모여
예수의 고난을 생각하며 믿음을 다지고
예수의 부활을 생각하며 확신을 나눈다.

발견

이성의 깊이에서 살얼음이 깨어진다
감성의 깊이에서 풀꽃들이 흩어진다
신앙의 깊이에서 연민의 울음이
깊이깊이 나의 현실을 난타(亂打)하고 있다

지금은 발견의 때,
현신(現身)하는 삼위(三位)는
저 어둠 속의 나그네와 같이
문밖에 쓰러져 이슬에 젖는다
나의 소유였던 한 줄의 생명은
꿈의 저쪽으로 떨어져 가고
나의 애정이었던 지상의 풀꽃들은
꿀맛 같은 입술의 환각(幻覺)에서 깨어나
땅거미가 지는 언덕으로

커다란 신(神)의 그림자를 따라
불빛을 찾아 아침으로 환원하는
발견의 시간,

서둘러 이르는 곳에
또한 나의 약속이 있다.

나의 형상

밤사이
하나님은 쉬지 않고
나의 형상을 새로이 지으신다

이른 아침 뜰에 나서면
풀숲에 숨은 이슬
햇살이 꿰어 매듯
사랑을 엮어 주네
밤사이 진 감꽃들이
하얗게 웃음 짓는다
못다 한 결백潔白의 생명으로
내 형상을 짓는다

아, 밤사이
내가 무엇을 꿈꾸었나
어둠에 빠져 허우적거리며
먼 데만을 향해
손짓을 하였구나

이 아침의 밝음을 두고
이슬의 총명과
감꽃의 결백을 두고
나의 참 형상을 두고.

시련

나는 하나님으로부터
하루의 양식밖엔 허락받지 않았다
매일의 양식을 위해
그런 하루를 살기 위해
나는 하나님과 등을 대고
내일을 염려한다

나는 하늘에 나는 새만큼
하나님의 은총을 누리지 못한다
내일 먹을 양식과
또 어둡고 추운 곳에서 불어오는
시련試鍊의 바람을 생각하고
시름시름 자리에 누워
흐느껴 울다, 잠꼬대 같은 소리로
하나님을 불러본다.

어머니가 가르쳐 주신 말

오늘도 나는 어머니가 가르쳐 주신
모국어로 말하는 하루가 되기를 원합니다

나의 허물을 깨닫고 남의 허물은 감싸주는
온유와 사랑의 말만을 하게 하소서.

새벽 산골짜기에 쌓이는 안개 속에
분명한 신상神像, 침묵의 계시를 묵상하게 하소서.

인생길

지금 내가 서 있는 이 길은
언제부터 열린 길일까

아주 먼 옛날에
하나님이 내어 주신 길

얼마나 많은 인생이
이 길을 밟고 지나갔을까

길은 어디에선가 두 길, 세 길로
갈라졌는지 세상 사람은 모른다

지금 내가 가는 길은
쉬지 않고 가야 하는 나 혼자만의 길

가도 가도 그 끝이 어디인지
그분과 나만이 아는 은밀한 약속.

생명의 선물

누가 내 생명을 주셨는가
누가 나에게 시간을 주셨는가
아침, 나팔꽃에 앉은 이슬이
햇살과 교감하는
저 투명한 생명은 누가 주셨는가.

은쟁반의 금 사과

어둠이 조용히 다가와
내 고단했던 하루의 수고를 잠재우시니
나의 단잠은 화평한 안식이었네
때때로 어둠 속에 참 자유, 내 안의 시간
새날을 명상할 수 있는 이 밤의 말씀은
은쟁반의 금 사과* 같으니

새날이 밝아 오는가 보다

새벽닭이 홰치는 소리
티 없이 맑고 투명한 영혼
정일한 생명을 잉태한 아침 이슬이
나팔꽃으로 태어나 아침 인사를 나눈다

폭포처럼 쏟아지는 해 빛살
그 찬란한 눈부심에
감당할 수 없는 생명에의 감격
비로소 아침의 신선한 호흡

오늘도 나는

은쟁반의 금 사과만 같아라.

* 잠언 25:11−12

놀라워라, 너 트럼펫!

이 아침이 행복합니다.

잠든 대지를 경쾌한 나팔 소리로 깨우는 경천동지의 신기神器, 너 우렛소리 같은 트럼펫!

지난밤 근심 걱정은 다 사라지고 금빛 햇살로 눈부시게 쏟아지는 경이로운 아침을 열어주는 너 트럼펫!

두근두근 심장의 고동이 나를 춤추게 합니다. 나를 옭아맸던 시름은 뜬구름처럼 사라지고

빛과 금관악기의 화음, 천상의 바람 소리가 아우르는 자연계의 섭리에

이 골짜기에서 나는 숨을 죽이고, 감격하고

놀라워라, 지금 나는 신의 은총이 온몸으로 전염되고 있습니다.

이 새벽 골짜기는 나의 신전, 푸득푸득 날아가는 새들의 자유 내 안의 평화가 환희의 시간을 누리고 있습니다.

"내 속에 정한 마음을 창조하시고 내 안에 정직한 영을 새롭게 하소서"*

나는 감격의 눈물로 화답합니다.

* 시편 51:10

풍성한 삶

애통하는 자여, 온유한 자여
의에 주리고 목마른 자,
우리들이여, 진실로 나는 사악함이 없는가
솔직하고 정직하게 고백하는 나로부터,

예수님이 함께 계시는 교회
우리 안에 계시는 하나님의 영을
거룩 거룩 찬미하는 제자 되기를
찬송하고 기도하는 제자 되기를

화평케 하는 자
의를 위해 고통을 인내하는 자
심령이 가난한 자
마음이 청결한 자 되어
참 아름다운 교회
미쁘신 예수님의 마음을
십자가로 새겨 둡니다.

우리 집 풍경

이른 아침
닭장에서 수탉이 홰치는 소리
소리 없이 먼동이 트는 빛의 소리
마당으로 내려서는 할아버지의
헛기침 소리
큰 싸리비로 마당을 쓸어내는 소리
마당밖 미루나무 위에서 짖는
까치 소리
마당가 우물에서 물 긷는 어머니의
두레박이 우물 벽에 부딪히는 소리

나는 꼼짝 않고 잠자리에 누운 채
우리 집 뜰 안의 아침 풍경을 다 보았어요
어머님께서
"애야, 빨리 일어나 닭 모이 주어라"
말하실 때까지,
나는 그제야 부스스 잠 깨는 시늉을 했어요

이제는 마음속에만 남은 우리 집 풍경

어머님은 하늘나라에 가시고
"나 어느 곳에 있든지 늘 맘이 편하다"
어머님이 즐겨 부르던 찬송 소리만
내 마음속에 들려옵니다.

부활의 신화
–막달라 마리아가 다 보았습니다

막달라 마리아가 다 보았습니다.
막달라 마리아가 다 들었습니다.

제일 먼저 무덤을 찾아 예수님의 시신이 사라진 것을
보니라(요 20:1).

큰 지진이 나며 주의 천사가 하늘로부터 내려와 돌을
굴려내고 그 위에 앉았는데 그 형상이 번개 같고 그 옷
은 눈같이 희거늘–

무서워 말라~ 너희가 찾는 예수님은 ~살아나셨고
지금은 갈릴리로 떠나셨으니

와서 그의 누우셨던 곳을 보라(마 28:6).

빨리 가서 그의 제자들에게 이르되 그가 죽은 자 가
운데서 살아나셨고 너희보다 먼저 갈릴리로 가시나니
(마 28:2-7).

볼지어다 내가 세상 끝 날까지 너희와 항상 함께 있
으리라(마 28:20).

막달라 마리아는 다 보았습니다.
막달라 마리아는 다 들었습니다.

오늘 새벽 미명에,
주님께서는 사흘 만에 살아나시리라던 이 예언을 실
천하셨고
무덤을 찾아갔던 막달라 마리아의 믿음의 행위로
지금 오늘, 막달라 마리아는 예수님 부활의 신화를
세상 만방萬邦에 외치고 계십니다.

"우리 주님 부활하셨네".

지금 제가 주님 앞에 무릎을 꿇었습니다.
감동 감격의 눈물이 흐릅니다.
부활의 신화를 묵상합니다.

축제의 노래

호롱불 내어 걸고
성탄 축하송을 맞이하던
그 새벽
어둠의 깊이를 재듯
내 마음을 적시는
눈이 내리고

뜬 눈으로 기다린
천사들이 모여와
내 뜨락에 서서
노래 부른다

발자국 소리도 기침 소리도
어둠 속에 묻히고
오직, 성탄의 기쁨
축제의 노래가
하늘에서 내린다
내 마음을 적시는…….

풍금을 치며 성탄의 기쁨을 노래하리라

언덕 위의 작은 예배당
풍금 소리에 묻어오는 천사의 음성
보라 내가 큰 기쁨의 소식 전하러 왔노라
구주 탄생하셨네 온 천하에 전하러 가세

내 평생에 섬겨 온 하나님 영의 전당
오늘 밤, 영생과 안식의 나라
추억 속의 말구유간으로 달려가
풍금을 치며 성탄의 기쁨을 노래하리라

양치는 목자들, 동방의 세 박사들
온 성도들이 모여 경배할
언덕 위의 작은 예배당에 등불을 밝혀
아기 예수님의 탄생을 찬송하리라.

영원한 새날을 주시는 분에게

우리에게 일용할 양식을 주시고
오늘 또다시 '새해'를 선물로 주시는 분에게
감사기도 드리세
내 삶에 새 소망이 샘물처럼 솟아나고
내 영혼에 기쁨과 평안의 새날을
무지개처럼 이어 주시는 분에게
감사기도 드리세

이른 아침 이슬의 투명한 생명성
밤하늘에 반짝이는 별들의 노래
이 아름다운 세상에
우리에게 일용할 양식을 주시고
영원한 '새해'를 주시는 분에게
감사의 노래 지어 부르세
영광의 하나님께 찬양의 시로 화답하세.

5부

●

민담 시집에서

참새야 벼이삭 따지 마라

가을이라 추스르하니
하날님께 제사를 지내야지비
떡으 많이많이해서
제상에 차렸지비
아, 난데없이 파리 한 놈
난짝 제상 위에 올러 타
떡으 먹지 아이했겠소
이를 보고 돋아*
하날님께 고해버렸지비
이 말을 들은 하날님
당장 파리를 잡아
'너느 어째서 하날님에게 바친 떡으 먼저 먹느냐?'
하고
매를 때릴라 하니
파리느
'나보다 맨제 먹는 놈으 매 때리지 않고 놔두고 나만
매 때릴라고 합네까?'
하날님 이 말을 듣고
'너보다 맨제 먹은 놈이 뉘기냐?'

‘새―’

‘새?’

‘참새는 곡식이 여물기 전부터 곡식으 빨아먹지 않
습니까?’

이 말을 들은 하날님 돋아서 참새르 잡아다 매를 때
렸지비

새는 곡식이 여물기 전에 빨아먹은 죄로 매를
‘1만 8천9백 87대로 맞게 됐습니다’

참새는 그때부터 아파서 제대로 걷지 못하고
볼똑볼똑 뛰어다니게 됐다 합니다

볼똑볼똑 뛰어가는 참새라고?
탁구공이 매를 맞으면
퐁 퐁 튀어가듯
참새는 퐁 퐁 튀며 뛰다가
하늘 보고 포롱~ 날아가지요

참새 떼가 떠난 마당엔
가을햇살이 모여듭니다.

*화가 나서

• 구술자: 광천찬율(창氏 개명으로 일본식 이름이 됨) 1943년 9월 채록,
  함경북도 청진부 나남읍 수남정 임재석, 《한국 구전 설화 채록문》에서.

댕가지 밭에 체네* 둘이

체네 두리 산 길을 가넌데
뒷일이 보고파 사방을 살피다가
댕가지 바트루 들어갔디요

댕가지** 바테 댕가지꽃
나비도 오고 잠자리도 와
봄 나드리 합네다

파랑 댕가지 빨강 댕가지
쑥쑥 자라서 쑥구쟁이 총각
코만큼 자라서 먹어 보고 시펏디요

체네 두리 산 길을 가다가
댕가지 바테 숨어 댕가지 뜨더 먹고
콩알가튼 눈물을 흘렛담네다

쑥구쟁이 총각이 와서

코 빨간 체네만 업어 갓디요.

* 처녀(평안도 사투리를 소리나는 대로 표기한 것임).

** 고추(평안도 사투리를 소리나는 대로 표기한 것임).

떡국새

1
떡국새 야그 아나?
몰라 예……

시어머니가 들려주신 야그요
시집살이 되지
새댁 하나가
시집살이가 어떻게 되던지
먹이지도 않고
된 시집살이만 시킨 개
하도 딱허이 앞집에서
떡국 한 그릇 갖고 와서 준 개
무슨 웬수로 여시 같은 시어머니가
문 틈으로 내다봤네, 그것을 본 거여

부뚜막에다 놓고 바가지로 덮어 놓고,
물을 질어 가지고 와서 보닌개

김동지네 개가 따라와서 싹 쓸어 먹고 갔네
그러닌게 없지, 저도 안 먹었지

그런게 시어머니는 방안에서 여시마냥
내다 봤는디, 안 갖다 주닌게
'김동지네 집에서 팥죽 가져온 것
너 혼자 다 먹었냐?'
'너 혼자 먹었냐구'

새댁, 말을 못혀
이거 참 뭔 변고여

그래 시어머니가 패서 죽였대
며느리를 고무래로 허리를 쳐서 죽였지
그런게 죽어서 떡국새가 됐어
떡국은 김동지네 개가 먹었는디
애매하게 죽었다고 울고 대녀

밤마다 마을 서낭당에 와서
떡국 떡국

밤마다 고추밭머리 미루나무에 와서
떡국 떡국
날새는 줄 모르고
떡국 떡국

2
세월은 갔어도
오늘도 떡국새는 운다
떡국 떡국
이 고을 저 고을에
어제도 내일도
떡국 떡국
여시 같은 아―, 여시 같은
권세가들의 말장난이

나를 미혹하네

무슨 웬수라고, 무슨 웬수라고

떡국 떡국

나를 미혹하네.

• 《한국구비문학대계(전북 편)》 중에서 송만성 씨(여·76세)의 구술.
1980년 1월 29일. 완주군 동산면 신월리. 최내옥, 권선옥, 강현모 씨 채록.

가자 가파도, 마라도

　　우리 모슬포慕瑟浦의 배가 뜨고 들어오고 하는 디를 돈지*라고 합니다. 마치 제주목안으 항구에 배가 뜨고 들어오고 하는 디를 산지라고 하듯이.

　　모슬포 앞바당에는 마라도 가파도라는 두 섬이 잇수다. 그래서 돈지 가파도 마라도으 지명地名을 가지고 제주 사름을 우스개 말을 합니다.

• 임석재 전집, 1942년 7月 濟州道 大靜郡 慕瑟浦 李景仙(81세, 女)의 구술

당신 어디 가오
나 돈지로 가오
(돈을 지러 가?)

돈은 어떤 돈
가파도 돈, 마라도 돈
(갚아도 되고 말아도 되는 돈이면······)

그럼 나도 갑시다

가세! 너도 나도
돈지러 가세

만선滿船이 들고 나며
풍악 울리니
우리 모슬포, 돈지로 감세

에헤야 디야
지국총 지국총
배 저어라
돈지러 감세
가파도, 마라도.

* 둔지屯地의 사투리 발음인 듯

구린내전錢 타령

엽 전   타 령

질루질루* 가다가 엽전 한 푼 얻었네

얻은 엽전 남 줄까, 바늘 한 개 샀네

산 바늘을 남 줄까, 낙수** 한 개 위었네***

위인 낙수 남 줄까, 붕어 한 개 나꿨네

낚은 붕어 남 줄까, 회 쳐라 장을 쳐라

목구멍으로 디리쳐라 똥구멍으로 내리쳐라

• 任晳宰전집 4 《한국 구전 설화》, 구술자 이신복, (1933. 1, 강원도 通川군)

쳐라 쳐라

힘주어 내리쳐라

길섶에 짤랑! 엽전 한 개

구린내전이 되었네

금화金貨가 되었네

이번에 누구 손에 들어갈까

노름쟁이 손에 들면 백 냥 천 냥

불렸다 잃었다 요술 엽전이더니

큰일 할 사람들 손에 들어가면
돈세탁 방망이질해 남 주랴
돈세탁해 먹어야 무탈이네
한번에 먹어치우면 내일은 어찌하나
차명계좌 많이 터서 까치밥 숨겨 두세
차명계좌는 고구마 밭에 터놔야
주렁주렁 얽히어 귀신도 못 찾는 법

질루질루 가다가 엽전 한 푼 얻었네
줏은 엽전 구린내전 돈세탁 많이 해서
주식 조작 잘하면 금 나와라 뚝딱
구린내전이 금화 되고
금화가 똥전이 되걸랑!
목구멍으로 디리쳐라
똥구멍으로 내리쳐라.

* 길로
** 낚시
*** 휘이었네

똥싼 놈이나 잡아 주세요

한 사람이 점잖게 의관을 가추구 가는데 가다가 길가 조밭에서 한 댓 살 먹은 아이가 아랫도리를 벗구 쪼구리구 앉어 있어서 "너 어디 있니" 하구 말을 붙이니까 이 어린 것이 "나 조밭에 있지 않소" 한단 말이야. 너 어디 있니라는 것은 어디 사느냐라고 물은 건데 여기 조밭에 있지 않소 하니 참 맹랑하단 말여. 아무리 어린 놈이라도 그래 괘씸한 생각이 나서 "네 이놈 부랄을 깔라" 하니까 이 아이가 "부랄을 까느니 요를 까시오" 한단 말이여. 이거 점점 더 화날 소리를 해서 "에이 이놈 자지를 비지" 이러니까 "자질 비느니 목침을 비세요" 그놈 말하는 것이 갈수록 맹랑하거던.

그냥 갔으면 될 텐데 그 어린 놈 무안 좀 주구 싶어서 "얘 너으 어머니가 오라구 날 부르는구나" 이랬단 말이지. 그러니까 이놈이 "예 그래요. 내 동생이 똥 싼 거구만요. 똥 먹으라구 불르게" 이러니 이 의관을 잘 가추구 길 가던 이 사람 무슨 꼴이 됐겠소. 개가 됐지. 옛날에는 아이가 똥을 싸면 개를 불러서 그 싼 똥을 먹였지.

• 임석재 전집, 1962年 5月 8日 京畿道 楊平郡 龍門驛前 趙益顯(60세, 男) 구술

태평성대를 누리던 아침의 나라
옛날 옛날 바로 엊그제 같은 옛날
한 검사, 출근길에 집 골목을 나서는데
웬 꼬마 녀석이 쭈그리고 앉아
무엇인가를 조용히 내려다보고 있겠다

"얘, 너 거기서 뭐 하니?"
깜짝 놀란 아이
"보면 몰라요?"
"그 냄새나는 게 뭐냐?"
"강아지 똥인지, 아이 똥인지 나도 몰라서 그래요."
"옳지, 요녀석 네가 싼 똥이구나."
"내 똥이라구? 아저씨 눈엔
모두가 사람 똥으로만 보이나 봐."
"에잇끼 놈 고얀 놈."
"너의 집이 어디냐, 너의 엄마한테 가자."

'똥싼 놈은 달아나고 방귀 뀐 놈만 잡힌다' 더니

"우리집 엄마는 왜 찾아? 남의 유부녀를……."

"무엇이 어째?"
얼씨구 말씨름이 말싸움 되었네
"아저씨 엉큼하기도 하셔 작취미성昨醉未醒이구만요
똥싼 놈이나 잡아 주세요!"

말로 먹는 나으리가 입이 딱 벌어져……
우짜노 그라몬?
조용한 아침의 나라
특검特檢이 다 파헤쳐 놨으니
법정法庭이 시끄럽게 되었구나.

뭐라고?

제자들의 충성

우리나라 학자로스 가장 훌륭한 분을 이퇴계 슨생하고 이율곡 슨생을 치는 긋은 아마도 누구나 다 그를 긋입니다. 그른데 이 두 분 중 으느 분이 드 훌륭한 분이냐 하면 사람에 따라스 다를 긋입니다. 즉 이퇴계李退溪 슨생으 제자弟子들은 퇴계 슨생이 율곡栗谷 슨생보다 드 훌륭하다 하고 이율곡 슨생으 제자들은 율곡 슨생이 퇴계 슨생보다 드 훌륭하다고, 이렇게 스로 즈으 슨생이 훌륭하다고 자랑하는 그죠. 이 두 분이 다 훌륭하다는 긋은 다 알고 있는데 그 제자들은 자기 슨생이 드 훌륭하다고 하는 긋입니다. 이렇게 스로 제 슨생이 훌륭하다고 자랑해 봤자 결판이 안 나니까 그름 우리 슨생님이 일상 생활을 으뜷게 지나시는가를 보고 결판하기로 하고 우슨 믄즈 두 분이 밤에 내외간에 지내는 긋을 보고 결판내자 이렇게 의논이 됐드랍니다.

그래 믄즈 이율곡 슨생 제자들이 우리 슨생님부틈 보자 하고 율곡 선생하고 부인하고 주무시는 긋을 보기로 했어유. 보니께 율곡 슨생이 내외간에 잠자는 데도 참 음숙하게 하그든유. 도포道袍를 입고 무릎을 단중히 꿇고 조금도 흐트르짐 읎이 증중히 하그든유. 그래서 이 글 보고 이율곡 슨생님 제자들은 아아 이그 참 우리 슨생님은 안이나 그죽이나 역시 훌륭한 슨생님이시라고 감탄했대유. 그 다음에 이퇴계 슨생 차례가 돼스 퇴계 슨생으 제자와 율곡 슨생으 제자들이 다 모여가주고 같이 퇴계 슨생 댁으로 가스 그 내외분이 밤에 지내는 모습을 보았는데 아아 퇴계 슨생으 하는 짓이란 그야말로 난잡하다 할까, 므라고 할까 차마 눈뜨고는 볼 수 읎는 짓이드래유. 둘이는 빨가붓고 둘이 엉키으스 방바닥을 헤매고 돌아가며 소위 사십팔수四十八手, 요새는 오십수五十手라 하지마는, 므, 가진 방법을 다 쓰가면스 아주 유쾌하게 내외간으 정사情事를 질급게 하드래유. 그래 그른 긋을 보고 율곡 슨생으 제자들은 아아 즈 보라고, 퇴계 슨생은 즈른 짓 한다고, 속 달코 긑 달타고, 밖으로는 즘잖은 체하지만

남 안 보는 데스는 그릏게 난잡하다고, 퇴계 슨생으 제자들도 즘잖은 슨생님이 즈를 수가 있느냐고 즈른 슨생 밑에스 우리가 으튷게 드 공부하겠느냐고 증나미가 뜰으줬다*는 그유.

자아 이렇게 됐으니 이율곡 슨생은 성인군자聖人君子로스 드 훌륭한 분이고 이퇴계 슨생은 아조 망나니라고 이율곡 슨생만 못하다고 이렇게 결판이 난 그죠.

　그른데 멫멫 제자들은 학덕學德이 많은 퇴계 슨생이 으째스 그른 난잡스른 짓을 할까 하고 한 븐**은 물으보로 갔으유. "선생先生님께 말씀드릴 게 있습니다" "게 무슨 말인가?" 하고 아조 즘잖게 말씸하신단 말이유. "저이들은 율곡 슨생으 제자들과 스로 자기들이 모시고 있는 슨생이 드 훌륭하시다고 자랑을 했는디 결판이 나지 안해스, 슨생님들이 밤에 부인과 으떻게 잠자리를 하시는가 그긋을 보고 판결하자 하고 두 분으 잠자리를 엿봤는디", 이렇게 말했단 말이유.
　그러니까 슨생은 조금도 안색을 변하시지 않고 다음과 같이 말하드랍니다. "사람으 남녀간으 이치라는 긋은 음양陰陽으 도에 따라스 질급게 하여야 하는 긋이지 음숙하게 하는 긋이 아니다. 그긋이 인간으 본능인데 이 본능을 윽제한다든가 숨긴다든가 하여스는 음양지도陰陽之道에 으긋나는 긋이다. 음양지도陰陽之道에 으긋

나지 않게 사는 긋이 진증***한 인간으 생활이니라."
先生으 말을 듣고 제자들은 이퇴계 슨생이 인간 생활에
대해서 이율곡 슨생보다는 드 깊고 폭넓은 지식과 이해
를 가지신 긋을 알고 이퇴계 슨생을 이율곡 슨생보다
드 훌륭한 학자로스 즌보다 드 경앙하게 되었다고 합니
다.

• 임석재 전집, 1973年 9月 23日 論山郡 陽村面 南山里 金永敦(57세, 男) 구술

'스승의 똥은 개도 안 먹는다' 했지?
'스승의 그림자는 감히 밟지도 말라' 했지?
네. 그렇습니다만
그럼 너희들은 어째
몰카****로 스승의 사생활을 찍어댔느냐
몰카비디오를 팔아서 선생님을 도우려 했습니다.
허허 기특하이
그럼,
감청, 도청은 어째 더 늘어만 가는고
(관아官衙에 몸담고 있으면서 스스로 불법을 일삼고

있다면서…….)

불행한 사태를 막기 위해선 불가피한 조치입니다
흐흐흑—
'불법인 줄 알지만 좋은 일이니 묵인한다' 는
그분의 말씀과 궤를 같이하는구나
때에 따라서는 정의가 불법일 수도 있고
불법이 정의가 될 수 있다는 말씀이구만
퇴계는 율곡을 능가하는 학자인가
제자들은 말합니다. 백성들은 말합니다.
뭐라고?

* 정나미가 떨어졌다
** 한 번은
*** 진정한
**** 몰래 카메라

"이팝에 소고기국을……"

누가 여호와와 같은가
예수님과 비교할 자는 없나니
오직 유일한 존재이시라

'~먼 곳 강한 이방을 판결하시리니 무리가 그 칼을
쳐서 보습을 만들고 창을 쳐서 낫을 만들 것이며 이 나
라와 저 나라가 다시는 칼을 들고 서로 치지 아니하며
다시는 전쟁을 연습하지 아니하고/ 각 사람이 자기 포
도나무 아래와 자기 무화과나무 아래 앉을 것이라.'

(구약 미가 4:3~4)

도둑 고양이 목에 방울 달아주기가 힘들다지만
북北의 정일正日이 아저씨의 귀에
이 미가의 예언을 꼭 전하여야겠는데 누가 나설까?

만천하에 드러난 아버지의 유훈정치 그 제일 으뜸이
되는 것은 백성에게 언젠가는
"이팝에 소고기국을 먹이면 될 것 아닌가?"
라고 반문하시던 그 음성을,

정일正日이 동무, 이제 상다리가 부러질 만큼 회갑잔
치도 받았으니
곰곰이 곰곰이 생각해 보셔요.

무엇이 무서워 못 오시나요?

해인사海印寺 가매솥과 송광사松廣寺 뒷간

합천 해인사陝川 海印寺 가매솥이 퍽 크다는 소문이 널리 퍼져 있고, 또 순천 송광사順天 松廣寺으 칙간이 퍽 높다는 소문도 널리 퍼져 있다.

해인사 중 하나가 송광사 절으 칙간이 높당개 이 칙간이 얼매나 높은가 그 칙간 귀경헐라고 해인사를 나서서 송광사를 행히서 나섰다. 송광사 중 하나는 해인사 가매솥이 크당개 그 솥 크기가 얼매나 되는가 보고 싶어서 송광사를 나서서 해인사를 행히서 가고 있었다. 이 중들이 오다가다가 도중에서 만났다.

"어디 사는 중인디 어디 가오?"

"나는 해인사 사는 중인디 송광사 칙간이 하도 높다기에 얼매나 높은가 그 칙간 귀경허로 가오!"

"그래요. 나는 송광사 사는 중인디 해인사 가매솥이 하도 크다기에 그 솥 귀경허로 해인사로 가고 있소. 그런디 해인사으 가매솥이 대체 얼매나 크오?"

"크기야 퍽 크지요. 얼매나 크다고 말히야 헐지. 동짓날이 되면은 그 가매솥에다 폴죽을 쑤는디 폴죽이 기냥 두면 눌어붙으닝개 이것을 저야 합니다. 이 폽죽을 눌어붙지 않게 허니라고 배를 타고 돌아댕김서 젓넌디 이쪽에서 저쪽꺼지 젓임서 갈라면 한 사날 걸립니다. 그런디 송광사 절 칙간 높이는 얼매나 높소?"

"송광사 칙간 높이가 글쎄 얼매나 높다고 헐까요. 우리 주지 스님이 재작년 정초에 뒤 본 똥이 아직 밑이로 떨어지는 소리를 못 듣고 송광사를 떠났어요."

• 임석재 전집, 1921年 3月 井邑郡 井邑面 氏橋里 朴孝子(男) 구술

서울의 나라님께서

'피양에선 굶어 죽는 사람이 하도 많다기에 내가 가서 보고 좀 도와 주어야 쓰것다' 하고 나섰더니

피양에선

'서울 거리엔 거지 떼가 하도 많다는데 그들을 잘먹고 잘살게 해방시켜야 된다고 날마다 법석이거든'

이 어찌된 영문인가

가매솥이 크다는 소문도 좋고
칙간이 높다는 소문도 좋고
다 좋은데, 좋은 것이 좋은데
50년을 소문으로만 흘러가니
그럼 직접 가서 확인합시다

먼저 피양에 간 서울 나라님
융숭한 대접받고 돌아오며
'서울 답방答訪'을 꼭 꼭 약속받아 왔것다

헌데
아직도 못 오는 이유가 뭐여?
못 올 수밖에 없지
왜?

서울엔
집집이 **핵核가족**이요
먹었다 하면 **칼국수***인데
목이 열이래두 못 오지

* 김영삼 대통령은 청와대 손님에게 주로 칼국수를 대접했음.

술집마다
폭탄주를 준비하고
뒷골목 골목에
대포집이 포진하고
거리마다 **총알택시**가 달린다니
아! 피양 동무
목이 열이래두 못 오지.

샘물 소리

육갑六甲허는 소리

신부新婦가 가매를 타고 시집을 가넌데 가다가 오줌이 매리워서 오줌을 누넌데 신부는 여자이니까 남자들처름 밖에 나와서 누지 못하지요. 그래 가매 안에서 놋요강을 놓고 오줌을 눕니다. 오줌 누넌 소리를 이래에 들어보면 육갑하년 소리가 나요. 육갑을 어떻게 하냐 하면 처음에 '수으르르르 갑술甲戌'이라거든요. 게 여자 오줌 누넌 소리가 그러찮소. 요강에 누니까 감수르르르 하지요. 그러다가 을해을해을해乙亥乙亥乙亥亥해요. 그러다가 끝판에 가서는 병자정축병자정축丙子丁丑丙子丁丑이라거던요. 마칠 때 들어보세요. 병자정축병자정축이라지요. 그래 여자가 오줌 누는 소리를 가만히 들어보면 육갑하는 소리지요.

육갑헌다고?
에잇, 그런 소리 걷우시오.
신선한 소리
이른 아침, 당산에 까치 소리
삼복 대청마루에 여치 소리

나는 순결하다 나는 순결하다

자연을 향해
새 애기가 동정童貞을 선포하는
의식儀式이라고

따가운 햇빛도
뭉게구름도 다 풀어내는
샘물 소리
감수르르
경쾌한 순결의 노래
신선한 노래지요.

• 〈육갑하는 소리〉는 강원도 명주군 구정면 제비리 최돈구(남) 1975. 11. 11 구술.
임석재 전집 《한국 구전 설화》④에서.

누가 오나 누가 오나

-미나리요謠

미나리는 사철이요
장다리는 한철이네*

민심은 사철이요
권세는 한철이네

정비正妃는 영원하고
후궁後宮은 유한하네

문민정권 그냥 가더니
국민의 정권도 이제 가누나
五年 세도 무상 무상

가는 정권 발목 잡지 마라
오는 정권 부정 탈라

누가 오나 누가 오나
흑색선무黑色宣撫 난무하니
민심만 갈기갈기

미나리 밭에 희망을 심고
장다리밭의 무우씨 받아

오시라 오시라
지 너머 사래** 긴 바틀 언제 갈려 ᄒ느니***

누가 오나 누가 오나
사철이 한철 되고
한철이 사철 되네.

* 숙종肅宗이 정비正妃 인현왕후仁顯王后를 폐위하고 장희빈張禧嬪을 후궁後宮
  (임금의 첩)으로 맞으니 張禧嬪이 세도를 펴자 백성들 사이에서 불리던
  구전 민요. 일명 '미나리요'라고도 했음.
** 사래는 ①사경私耕 ②이랑을 뜻함. 이 작품에선 이랑을 말함.
*** 남구만南九萬의 시조 《청구영언》.

통, 통타령

통 타 령

통골 통생원으 아들 통도령이 통훈장네 서재에서 통감으 강하다가

초통*에 불통이 돼서 대통에 골통으 맞어 대갈통이 울통불통

분통이 터져서 두 발으 통통.

> • 〈통타령〉은 함남 함흥군 안용호(1944. 5)의 구술. 임석재 전집 〈한국 구전 설화〉 ④에서.

李통 朴통 崔통 全통 盧통 金통 金통

쫓겨서 망명가는 李통

제 명에 못간 朴통

감옥으로, 백담사로 도통하러 간 全통

小통 믿고 도끼자루 썩는 줄 몰랐던 金통

햇볕정책에 그늘진다고 반 통일, 수구 집단으로 옥죄는 金통

통으로 삼켜도 시원찮은 5년통이라
5년통이 원쑤로다

이 다음엔 어느 대통령 환자가 출마할꼬
쯧쯧
물어보면 그냥
통타령이나 엮어 보세요
하하 호호 웃어넘겨요.

* 첫 시험

피양에선 돈 지고 오라네

우리 모슬포慕瑟浦으 배가 뜨고 들어오고 하는 디를 돈지*라고 합니다. 마치 제주목 안으 항구에 배가 뜨고 들어오고 하는 디를 산지라고 하듯이.

모슬포 앞바당에는 마라도 가파도라는 두 섬이 잇수다. 그래서 돈지 가파도 마라도으 지명地名을 가지고 제주 사람은 우스개 말을 합니다.

"당신 어디 가오?"

"나 돈지로 가오."

이 돈지로 가오 하는 말은 '돈을 지로 가오' 하는 말로 들립니다.

"돈은 어떤 돈?"

"가파도 돈, 마라도 돈?"

이 말은 갚아도 되는 돈, 안 갚아도 되는 돈이라는 말로 들립니다.

• 임석재 전집, 1942年 7月 제주도 대정군 모슬포, 李景仙(81세, 女)의 구술.

어느 날 산신령이 나타나

왕王회장의 꿈을 해몽하니

금강산金剛山은 금광산金鑛山이로구나
왕王회장 노다지 캐러 갔네
소 떼 몰고 돈 지러 갔네

피양에선
올래문 오라우
돈 지고 오라우
갚아도 되고 말아도 되는 돈이라면
돈 지고 오라우

가디요, 암 가야디요
일가친척이 그립고
동포애가 넘쳐
돈 지고 갈랍니다

모슬포에선
돈지러 간다는데
피양에선
돈 지고 오라네

부잣집이 망해도 3년은 간다는데
왕王회장, 3년도 못 가 쪽박만 찼다네

금강산金剛山은 금강시산金僵屍山**이런가
햇볕으로도 녹일 수가 없구나.

* 둔지屯地의 사투리인 듯.
** 강시僵屍는 뻣뻣하게 얼어죽은 송장을 뜻하나 금강산의 수많은 봉우리
   들이 그림에 떡이 되고 말았다는 의미로 造語化 했음.

朴利道 약력

━━━

1938년 1월 16일 평북 선천(宣川) 태생

학력
1963년 2월 경희대학교 국어국문학과 졸업
1978년 2월 숭전대학교(현 숭실대학교) 대학원 문학석사
1984년 8월 경희대학교 대학원 문학박사

경력
1963년 8월 〈가정생활〉(유한양행) 기자
1964년 7월 〈여상〉(신태양사) 기자
1965년 3월 정신여자중학교 강사
1965년 10월 현대경제일보 기자
1973년 3월 숭실고등학교 교사
1978년 3월~ 2004년 숭전대학교, 숭실대학교 대학원 강사
1979년 총신대학교 강사
1982년~ 2004년 중앙대학교 학부 및 대학원 강사
1994년~ 2003년 한국외국어대학교 대학원 강사
1980년~ 2003년 경희대학교 국어국문학과 교수
2003년 경희대학교 국어국문학과 교수 정년 퇴임
2003년 중앙대학교 대학원 강사
2004년~ 2005년 서울장로회신학대학교 강사
2008년 월간 〈창조문예〉 주간

문단 경력
1959년 자유신문 신춘문예 시 〈音聲〉 당선(서정주 심사)
1962년 한국일보 신춘문예 시 〈皇帝와 나〉 당선(박두진, 박남수 심사)
1962년 6월 공보부 주최 제1회 신인예술상 (시부문) 수상
1963년 〈新春詩〉 동인
1966년 〈四季〉 동인

| 朴利道 詩選集 | 증보판

지상의 언어

초 판 발행일 | 2013년 10월 10일
증보판 발행일 | 2016년 6월 1일

지은이 | 박이도
펴낸이 | 임만호
펴낸곳 | 창조문예사

등 록 | 제16-2770호(2002. 7. 23)
주 소 | 135-867 서울 강남구 삼성2동 38-13
전 화 | 02)544-3468~9
F A X | 02)511-3920
E-mail | holybooks@naver.com

책임편집 | 임영주
디자인 | 임흥순
제 작 | 임성암
관 리 | 정진수

Printed in Korea
ISBN 979-11-86545-18-8 03810

정가 12,000원